A UM PASSO

ELVIRA VIGNA

# A um passo

*Posfácio*
José Luiz Passos

Copyright © 2018 by Elvira Vigna

*Grafia atualizada segundo o Acordo Ortográfico da Língua Portuguesa de 1990,
que entrou em vigor no Brasil em 2009.*

*Capa e desenho*
Elisa von Randow

*Revisão*
Marise Leal
Márcia Copola
Arlete Sousa

*Os personagens e as situações desta obra são reais apenas no universo da ficção;
não se referem a pessoas e fatos concretos, e não emitem opinião sobre eles.*

Dados Internacionais de Catalogação na Publicação (CIP)
(Câmara Brasileira do Livro, SP, Brasil)

Vigna, Elvira, 1947-2017
    A um passo / Elvira Vigna. — 1ª ed. — São Paulo : Companhia
das Letras, 2018.
        ISBN: 978-85-359-3108-2
    1. Ficção brasileira I. Título.

18-14334                                                CDD-869.3

Índice para catálogo sistemático:
1. Ficção : Literatura brasileira  869.3

Iolanda Rodrigues Biode — Bibliotecária — CRB-8/10014

[2018]
Todos os direitos desta edição reservados à
EDITORA SCHWARCZ S.A.
Rua Bandeira Paulista, 702, cj. 32
04532-002 — São Paulo — SP
Telefone: (11) 3707-3500
www.companhiadasletras.com.br
www.blogdacompanhia.com.br
facebook.com/companhiadasletras
instagram.com/companhiadasletras
twitter.com/cialetras

# Sumário

A UM PASSO, 7

*Posfácio*: A República dos jacarés — José Luiz Passos, 209

A UM PASSO

*Halló que el arena de la boca del río,*
*el cual es muy grande e honda,*
*era diz que toda llena de oro,*
*y en tanto grado que era maravilla [...]*
*que en poco espacio halló muchos granos,*
*tan grandes como lentejas [...]*
*y volviéndose a la carabella*
*hallaba metidos por los aros de los barriles*
*pedacitos de oro...*

8 de janeiro de 1493
Diário de Cristóvão Colombo

# 1

É um sofá velho e sujo e a moça está olhando para ele como quem pensa como o sofá é velho e sujo e o gringo então diz, ainda da porta:

"O sofá é velho e sujo."

Mas a moça dá de ombros e, alteando as sobrancelhas, responde com desdém — não pelo sofá mas pelo homem baixo, seco, que surgia:

"É um chippendale."

Só que o chippendale sai chipeindeile e o gringo sorri. Ahhh. É das suas. E vai se chegando já sabendo que por qualquer pulseirinha de ouro de baixa qualidade aqueles olhinhos maquiados irão brilhar e aquela boca grande cheia de batom fará o que ele mandar.

A boca fala e gringo, fingindo chegar perto para examinar melhor o sofá, vai chegando perto. Até sentir o cheiro do desodorante, porque é essa a sua medida: na primeira chegada, o limite de aproximação é o cheiro do desodorante.

A moça alisa o estampado com uns dedos nervosos, promis-

sores e o gringo olha o estampado que o espantava sempre, jacarés de rabo levantado, marrom, entrelaçados com enormes flores
tropicais de todas as cores, e então fica fácil fingir o espanto que
deveras sente.

"O fingidor... o fingidor..."

E tenta recitar Pessoa usando cara de talk show de TV, não
porque acha que vai cair bem (não é o caso de se esforçar muito
para impressionar a dama presente), mas simplesmente porque
lembrou da estrofinha. Lembrou é maneira de dizer, além da
palavra fingidor, não está saindo mais nada.

Gringo balança o uísque, a moça faz hein.

# 2

Da porta vem um rock e a moça levanta a voz.

Que era nesse sofá que a mãe de P. sentava todas as tardes para fumar e jogar patience, assim em francês, pois era isso que a mãe de P. fazia nos últimos anos de sua vida: fumava e jogava patience.

"Antes de ir para o asilo, quero dizer."

O gringo alisa o sofá, se atendo a um buraco do estofado, buraco feito pela brasa de um dos cigarros de sua mãe, sua dele, gringo, o sofá foi da sua-dele mãe e não da mãe de P., a moça mentia. O mundo mentia. Ou tanto faz, tantas mães e só esta moça no sofá, a trazer lembranças ou não são lembranças, porque depois de muita coisa que se toma, bebe, cheira, bota e vive, lembranças ficam sendo o que parecer legal na hora. E o buraco se torna, então, um buraco negro a partir do qual gringo tenta organizar, ou fazer sumir, todo o resto: jacarés de rabo levantado embaixo de uma moça que ele achou ser uma total desconhecida mas que, pelo visto, não o é, dentro de um quarto cheio de gente, onde há, além dele, da moça e das pessoas, um sofá velho, um espelho que rachou na mudança, e um telão com clipes musicais sem o som. E para lá da porta, o resto da festa feita por P. mas onde P. não está. E para cá da porta, vinda da janela, uma luz ritmada, verde, sem verde, verde, sem verde, que o raciocínio diz ser o néon de um anúncio luminoso da rua, mas quem garante. O último dia da terra, com marcianos.

# 3

Ela não para de falar. O melhor nessas horas é deixar que o uísque ou outra coisa nos leve a todos para seu mundo amarelo-claro, o sol com satélite — não são satélites. Planetas, um sol com seus planetas — os gelinhos, tlec, tlec.

"A mãe de P. falava patience em francês porque ela gostava de francês."

É verdade.

"Fico tentando recuperar esta palavra, você sabe, a nível de personagem. Esta palavra em francês, dita com o sotaque carregado de judia alemã, mas também com alguns sons aspirados do castelhano."

A nível de não, a nível de é foda, e gringo pega outro uísque que flutua na altura de seus olhos, com um guardanapinho de papel que já se desmancha na sua mão mas a pausa está terminando e a moça torna a dizer a nível de, sendo que desta vez é a nível de recuperação.

Toda recuperação — da memória — precisa de uma parte de esquecimento para que faça sentido, do contrário tão concreta seria. Agora a mãe de P. não tinha passado seus últimos anos antes do asilo apenas fumando e jogando patience, mas também olhando para uma televisão sem som que ficava em frente ao sofá de jacarés.

"Então, imagina, a sala com esse sofá de um estampado tão, tão…"

Tão tropical-visto-por-europeu onde repercute essa palavra francesa-judia-alemã-portenha: patience. E onde as imagens fictícias absolutamente sem características culturais da televisão são uma necessidade vital, o fio terra. Porra, ele quis apenas uma trepadinha de festa. Do seu lado, a moça remexe na bolsa e ela podia tirar de lá um revólver ou um cigarro. Cigarro, e o gringo lembra de um cigarro tão antigo, a moça fumará o cigarro da mãe, fumará furiosamente, olhando o telão sem som da parede em frente enquanto engorda, pouco a pouco, dentro do seu vestido antiquado, ocupando mais e mais jacarés, até expulsar do momento presente o corpo magro e vagamente masculino do gringo, o que se dará quando ele entrar — é o caso de gritar por socorro já ou daqui a pouco? — quando ele entrar pelo buraco negro cada vez maior do sofá. Um cu sideral. Bueno, not so bad, nem é cigarro. A moça passa o pente pelo cabelo.

Quantos anos, milênios, a mãe morta, a boca ligeiramente aberta, a terra por cima, o barulho da terra caindo por cima, e o calor do caminho de volta.

# 4

"Ela roubava nas cartas."

Alguém o cumprimenta da porta, oi.

"Ela roubava nas cartas mas não como eu e você roubamos nas cartas, furtivamente. Ela roubava com convicção. Não era um roubo a bem dizer, era uma correção. Existia uma maneira correta de as cartas se apresentarem e, quando isto não acontecia, era necessário um ajuste, uma correção."

A moça passa o pente no cabelo. O gringo tem a sensação de que ela não está passando o pente pelo cabelo mas representando uma cena onde deve passar o pente pelo cabelo. O cara da porta, depois do oi, deixa-se ficar, talvez esperando um convite para enturmar que não vem, nem por nada, mas apenas porque o gringo, apesar de ter certeza de conhecê-lo bem, não se lembraria do seu nome se tiver de falar com ele ou apresentá-lo à moça. Aliás, que nome falso a moça daria quando ele perguntar o seu nome? Enfim, um conhecido impessoal e uma desconhecida pessoal, isso vai acabar em poesia concreta, e gringo pensa

17

em perguntar à moça se ela gosta de poesia concreta, você gosta de poesia concreta, minha filha?

O hein.

# 5

Um tipo comum e gringo se lança, usando para isso sua melhor voz grave, porque gringo é baixo, magro, mas tem uma insuspeitada voz possante e ele gosta de se aproveitar disso falando e olhando a cara surpresa das pessoas. Então capricha.

"Você embaixo, P. no meio e, em cima dele, essa luz verde de néon que entra nele, ritmada, pum, pum, estupradora, sem parar, ahhh, vou gozar."

A moça muda e gringo continua, desta vez com sua melhor voz meiga (a segunda opção), aqui neste sofá, querida, é aqui neste sofá que vocês trepam.

Uma brincadeira particular. Porque quando trepavam, gringo dizia para P., tem andado com mulher, não é?, sem nunca saber ao certo se era uma brincadeira ou não, se tinha ou não tinha, mas dizia, e fazia de conta que, sim, era brincadeira. Isso antes. Porque a festa é festa de fim. Mas, de qualquer modo, no sofá é que não era, porque P. só trepa no chão e esse pensamento permite que continue:

"Você é transa nova, não é? É por causa de você que ele sumiu. Ele armou tudo, aquela barbie. Fez a festa, chamou você, falou tudo sobre minha mãe para você, avisou todo mundo que ia fazer um discurso importante e, fiu, sumiu."

Hora de gargalhadas teatrais não fosse o cansaço.

Entre o copo, não mais gelado, mas apenas frio, e a pele, quente, há os restos do guardanapinho molhado, uma trepada acabada. É preciso jogar isso fora além de outras coisas, mas começando por isso: jogar fora o guardanapo, virar para dentro de um dos orifícios do corpo aquele resto de água iodada que dois gelos urinam devagar, próstata entupida, mas um berro, garçon, um scotch aqui, afastará a morte por mais alguns instantes. Sem nenhuma dúvida de que o garçon o atenderá de imediato, el gringón manterá o braço levantado. Depois, pegará seu novo uísque e se afastará, bye baby, daquele buraco negro do sofá que, vamos parar com isso, sua mão volta a acariciar. Sim, bye baby, e sairá pela porta a elogiar no caminho algum detalhe da casa nova de P., bonito isso aqui, santa.

# 6

Conhecidos impessoais — essas minhocas que despontam dos tapetes das salas das festas aos primeiros pingos de uísque. El gringón andaria entre eles procurando P., não por querer vê-lo, mas porque seria alguma coisa a fazer nesta festa absurda e chata. Diria: estoy procurando P., aquele puto sumiu. E o palavrão imediatamente produziria uma aproximação com o estranho à sua frente. E procurando P., ele chegaria perto de uma moça, outra moça, ou não seria moça, mas quase, mas quem de qualquer modo nunca teria visto na vida e diria:

"Bom te ver aqui", com olhares significativos, esperando que a moça, ou quase, então levasse a ação dali em frente, porque agora não é só o ânimo e o braço que não levantam, é tudo, nisso incluindo as pernas, vou vomitar, mas a moça diz:

"Errou."

É a vez do gringo dizer hein.

"Você errou. Era nesse sofá que eu e P. fazíamos amor. Era e não é. Porque P. foi embora e não volta mais, você não sabia?"

Não é só a bebida, o pó, o fumo, a vida inteira e mais uma

porra de dia seguinte que sempre vem. Trata-se de fenômeno mais geral que atinge mesmo os sóbrios, os babacas, os que nunca pensam na vida, a humanidade inteira cada vez menos disponível para complicações. Quando as coisas saem do olá, tudo bem, a cabeça já não dá, vem a irritação, a impaciência e se você insiste, minha filha, dá vontade de vomitar, mas gringo acha que o melhor é rir, rá, rá. Não bem uma gargalhada, mas serve.

# 7

Tão fácil apontar uma direção qualquer e dizer acabei de ver P., ou fazer o papel bicha caricata, vai pastar perua. Mas apontar significa mexer o braço, que continua morto, o que é boa ideia, fingiu-se de morto. E a moça então continua pois a mãe, a de P., a adotiva, agora, além de fumar, jogar patience e ver televisão sem som, também tira pelos do queixo com uma pinça que ela deixa enfiada na borda de um copo ao lado do baralho, na mesinha em frente ao sofá, o de jacarés, esse aqui.

"A televisão é seu espelho."

Puta que me pariu.

"Quando a realidade dela não coincide com a imagem que ela tem desta realidade, isto é, quando a cara dela e a imagem da televisão ficam muito diferentes, o que ela corrige é a cara, entendeu? Ela pega a pinça e corrige a cara. Ela tira os pelos do queixo, e assim ajusta a cara à imagem, igual ao lance do roubo das cartas."

O néon verde — é de fato um néon, certo? — atravessa as pálpebras do gringo mesmo fechadas, compulsões, repetições, tão bom.

Técnica de arrancar pelos do queixo: o dedo médio, mais longo, ia na frente, arauto a anunciar as boas-novas de um mundo onde imagem e cara, plenitude e morte, coincidissem um dia, o que aconteceria de qualquer jeito, mas voltando. E atrás do dedo médio, o mais longo, a classe operária, o indicador e o polegar, empunhando o instrumento de trabalho, a pinça. Na outra mão, o cigarro. Mas não adianta tentar reincorporar Evelyn, o vômito não vai embora, culpa das pastinhas — o buffet que P. contratou, buffet, palavra em francês, é de pastinhas. Brancas, verdes, marrons, rosa-choquim, chocking, choque, sufocando — e amarelas.

Gringo coloca, de propósito, o copo na perna da calça do terno fino para que forme uma rodela, uma mancha, outra, mas a moça também abre um pouco a perna, a seu lado, se roçando, ridícula, ou o ridículo é ele, possibilidade sempre presente.

# 8

"Como é o seu nome?"

"Tânia."

Ora, ora.

"Tânia não é nome, é codinome."

Ela sorri, polida, com a brincadeira antiga e ele continua:

"Já sei o que está escrito neste néon lá na rua: Tânia Hairdresser."

Ela repete: Tânia Hairdresser, Tânia Hairdresser, e ri um riso seco, de galinha assustada, e começa a repetir Tânia Hairdresser exatamente no ritmo do néon, e o gringo também ri e as pessoas que passam pela porta olham, com inveja, a noite tão quente e parada.

"Foi em uma noite quente e parada..."

"Está parecendo começo de novela barata."

"E é. Foi em uma noite quente e parada, P. tinha acabado de matar mais um americano..."

A moça não ri, gringo continua:

"Ele tinha marcado um michê com um gringo qualquer,

turista, e depois da trepada enforcou o cara com sua própria gravata. E aí voltou para casa, não aqui, claro, mas o apartamento antigo porque isto aconteceu antes da mudança. Ele voltou e você estava na sala, pintando as unhas do pé, você pinta as unhas do pé? Não importa. Você estava pintando as unhas do pé e disse, como foi tudo, querido? E ele respondeu: tudo bem, gata, mais um gringo desse e poderemos montar o nosso salão de cabeleireiro. E aí, depois de ter colocado o quimono de seda chinês que ele usa em casa, o quimono e o chinelo de pano acolchoado, um de florinhas, ele se deitou na cama e ficou, lá, mudo."

Porque P. fica mudo, os olhos parados no ar, quando chega da rua, tarde, o cheiro azedo.

# 9

Ele está mudo na cama e você vai beber água mesmo sem sede porque nestas horas você também prefere ficar sozinha e o apartamento é pequeno e, além do banheiro apertado e malcheiroso, o único outro lugar em que você não precisa ficar vendo a cara dele é a cozinha. Então você vai para a cozinha e bebe água no copo que ele mantém na pia e que nunca lava. E depois, com nojo, você limpa a boca com as costas da mão.

"Vocês nunca conversam e você acaba voltando para a cama onde dividem sonhos e afetividades mas não sexo. É uma noite quente e parada e você está de short e blusa decotada e deita-se ao lado dele, como de hábito. Ele evita o contato com a sua pele. Você está mesmo toda suada."

A moça sua a seu lado e gringo continua:

"Mas a noite está quente e P. espicha sua perna comprida e morena para atingir, com a ponta do dedo do pé, o cartaz do ar-condicionado."

Um cartaz que tampa o buraco do ar-condicionado, aberto pelo inquilino anterior e nunca preenchido por falta de grana.

P. é pintor e segurança, além de eventual garoto de programa. Às vezes tem grana, às vezes não tem. No lugar do aparelho de ar condicionado P. colocou então este cartaz que ele conseguiu sabe-se lá como e ele não percebeu, nem naquele dia nem nunca, a ironia: porque o cartaz era de Carlitos morrendo de frio. E o frio de Carlitos, que primeiro tinha sido de celulose e, depois, de papel representando a celulose, este frio então, que é a imagem da imagem de um frio, e que substitui o frio ausente de um ar-condicionado inexistente, torna-se assim, de simulacro em simulacro, estranhamente concreto.

"P. espicha sua perna para afastar um pouco o cartaz, cuja ponta esquerda inferior está sem durex, descolada portanto da parede. Se conseguisse, entraria com certeza um pouco de vento. Mas você diz: não faz isso, vai chover e, se chover e a gente estiver dormindo, vai entrar chuva pelo buraco."

Ele então encolhe a perna e, virado para a parede, coloca a mão sobre os olhos, o braço levantado, a axila à mostra.

"E você olha para ele, estendido, e ele tem pau grande, o P. Não gordo, mas comprido, uma miniatura dele próprio, também flaco e comprido. Você olha para o pau dele e por brincadeira diz bilu bilu, enquanto faz bilu bilu com a mão. Ele ri e diz: no te servirá para nada, hijita, para nada. Mas você está suando e querendo que o tempo passe logo e então faz bilu bilu outra vez desta vez enfiando a mão por dentro da abertura da cueca mas P. tira sua mão e diz deixa-te de brincadeiras. Mas você quer e pega o pau dele e enfeita com as bordas acetinadas do quimono e diz que parece uma muñequita e ficam lá por um tempo até que você, para sua própria surpresa, vê que o pau dele cresce, você não esperava que fosse tão fácil nem tão rápido e você fica nervosa e o larga, dizendo, guarda esse troço. Mas ele não se mexe e aí, em silêncio, em total silêncio, porque qualquer ruído poderia interromper as imagens que se passam dentro da cabeça dele, e da sua, sendo que essas imagens são a única coisa de fato real naquele momento — o resto apenas um pântano quente e parado de uma novela barata —, então vocês continuam e porque continuam ganham mais e mais impulso e então vocês trepam."

Porque tanto faz com quem se trepa, é este o grande insight.

E o gringo olha para a moça, como será que ela recebe a palavra insight.

# 10

Em cima da televisão havia uma reprodução de Van Gogh que era para onde a mãe olhava sempre que a conversa ficava difícil.

"Acho interessante essa ideia de alguém buscando paz interior em Van Gogh, o que você acha?"

E o gringo respondera que, como se tratava de reprodução, a ideia não ficava tão boa, o amarelo não seria tão desesperado e a mediocridade da cópia poderia muito bem produzir uma sensação de calma.

"Reproduções, simulacros, têm esse efeito."

Mas não, não era esse o ponto, disse a moça, e ela então explicou o que dava paz a Evelyn.

"A mãe se chamava Evelyn."

Gringo riu.

O que dava paz a Evelyn não era o amarelo, desbotado ou não, mas os dólares que estavam em um cofre, por trás do Van Gogh.

E continuou:

"P., menino ainda, roubou esses dólares que eram de Evelyn, e os usou para comprar, entre outras coisas, flores e bombons dietéticos no aniversário dela. Foi um, diria você, gesto genetiano. Roubou esses dólares dos quais não precisava, e os usou em parte para comprar inutilidades que ofereceu, com o maior desprezo, à própria dona dos dólares. Diga-se de passagem que a mãe só veio a descobrir o roubo muito tempo depois e passou longos anos usufruindo das qualidades calmantes do seu Van Gogh quando este já estava despojado delas — o que aumenta a meu ver o sabor da cena. Tudo isso fumando sem parar, longas baforadas de fumaça, papéis em branco cuspidos no mesmo ritmo em que cuspia a datilografia incompreensível do novo país, onde arranjou emprego assim que chegou."

"Para."

# 11

"Não havia néons — coca-cola, motel, just do it — naquele meio de século mas o verde regular, de metralhadora, se soma muito bem à entropia colorida da televisão, aos amarelos do Girassóis, e ao branco — soma de todas as cores — da fumaça dos cigarros."

"Quem disse que era o Girassóis?"

Gringo ri, tão cansado, e fala:

"Podemos estabelecer que era um dos autorretratos."

A moça ri também e, fechando os olhos, também tão cansada, diz, você é foda.

"Abra os olhos, vai começar o jornal da TV."

Na tela, a cabeça loira bem penteada fez um movimento descendente em direção ao broche, o que queria dizer que se tratava de notícia grave talvez com mortes e, logo após, para confirmar, começaram as cenas locais, um desastre de trem em algum lugar da Europa, com seus cadáveres e declarações.

A mãe no sofá espicharia o pescoço, gulosa, não para o primeiro plano, a cena principal, mas para o ambiente das ruas lá atrás, as paisagens, as pessoas que passavam, enquanto diria: veja, já é primavera, as pessoas estão sem casaco. E daria um suspiro em alemão.

A moça diz:

"Veja, já é primavera, as pessoas estão sem casaco."

De coincidências é feita, se não a vida, pelo menos sua significação mas desta vez foi sem querer, pois por mais que a moça soubesse sobre Evelyn, não poderia saber o que ela dizia quando via televisão. Não é?

# 12

"Sabe aquele negócio que você falou quando inventou o bilu bilu?"

"O enforcamento do turista americano."

"Sim. Achei bom. O que me dizes, gringo? Topas um enforcamento?"

Um fim. Fins são bons. Fim só acontece em ficção, nada na realidade tem fim, portanto um fim, quando acontece, significa que tudo que veio antes era ficção e é bom pensar a própria vida como uma bela e compreensível ficção. Gringo diz, combinado. E diz que gringa é ela, com seus novos cabelos platinum blonde e que, portanto, a enforcada pode ser ela.

"Gostas?", e ajeita as mechas, coquete.

"Gosto."

A moça tinha duas camadas, a primeira vulgar, inculta, e a outra, a de cima, se não culta, pelo menos aprendida, como é mesmo que você disse que se chamava.

"Tânia."

E gringo repete, Tânia. E depois mais uma vez, Tânia, sem

ter muito mais o que dizer enquanto ela pergunta se ele não teria outro nome, se era só gringo. Só, só gringo, há muito tempo.

Ela reinicia devagar, como quem aplica injeção, que Evelyn morreu no asilo mas com toda a assistência do filho.

"Ele ia todas as semanas exceto, claro, quando estava em viagem."

Ia todas as semanas, por dedicação ou por vingança. Levava em um copinho de iogurte, lavado e reusado todas as vezes, uma papa de banana com aveia. Preparava aquilo de manhã, antes de sair, e dizia: tem de perder o gelo, senão ela reclama. E no asilo ele se debruçava sobre a mãe e era bonito de ver, na distância, o filho cuidando da mãe. Ele se debruçava sobre a mãe e enfiava, não um cabo de escova de cabelo, mas colheradas de papa já fermentada, desde a manhã, na boca velha. Escorria às vezes pelos cantos em direção aos pelos do queixo, e ele então raspava o que escorria, complementava com mais papa e tornava a enfiar tudo, papa e baba, até o fim, na boca murcha, o cu possível. De longe pareceriam um belo quadro, pietà de sexos trocados.

# 13

"Você vai gostar de trepar comigo."

Mas a moça ri, nervosa.

"Nunca conseguimos, não é verdade?, nem eu nem você, que P. representasse esse papel de paixão. Nos teus sonhos, neste sofá, você, quantas vezes, agarra os cabelos dele e morde sua pele, desesperada, querendo ver nele as olheiras do sofrimento por amor, mas ele geme, abre a boca e fica, todo contente, esperando por mais."

Ela fecha os olhos.

"E abre os olhos porque se você dormir aqui vai acabar sonhando com americanos enormes, de pano, enforcados pela gravata e pendurados em postes, árvores, grades. Piñatas a explodir pastinhas de atum, azeitona, ricota e espinafre. E dólares, você gosta de dólares? O que você prefere: dólares, uma joiazinha?"

"E você, gringo, o que você prefere: sangue na boca ou esperma no pau."

Cosas nunca oidas ni vistas ni aun soñadas.

O gringo olha a moça a seu lado, as duas camadas. Podia

ser. Podia ser que o fim da história tivesse enfim chegado. Que a moça, com suas duas camadas, fosse uma determinada moça, a primeira, a do começo, a de muito tempo.

Que pena, tão vulgar, uma história tão vulgar. Alguém que volta do passado para terminar um caso, uma trepada como fecho de uma história de amor.

A moça continuava com os olhos fechados, a cabeça apoiada no encosto do sofá, a maquiagem borrada, devia ser tarde, já, para a maquiagem estar borrada. O quarto estava vazio e o som do rock tinha diminuído, gringo falou baixinho, sem olhar para ela:

"Nina."

A boca, até então franzida, abriu-se em um sorriso quase meigo, olá, professor. Pode me chamar de Nina. Ou Tânia.

# 14

O professor começa a desmanchar o nó da gravata.

"Não há nenhum motivo, Ninita, para não termos nossa aula de hoje. A morte é uma etapa prevista no grande mecanismo."

Nina faz um sinal da cruz. O professor, as duas tiras pretas da gravata do luto cortando o branco impecável de sua camisa, encosta-se à janela, como à espera.

Nina pergunta se é tabuada de oito.

"São destas coisas lembradas duzentas vezes", dirá gringo muitos anos depois. "São lembradas duzentas vezes, confessadas outras tantas e a cada vez é um detalhe que muda, a tônica ficando ora com uma coxa lisa, sem pelos, ora com a árvore da rua. E eu vou te dizer uma coisa: eu acho que foi assim, mas faz muito tempo."

Nina está sentada na pontinha de uma das quatro cadeiras da mesa de jantar, os pés enroscados nos pés da cadeira sem alcançar o chão, mas os joelhos não são mais tão pontudos e o professor fica em dúvida se seus olhares de homem continuam a surpreendê-la.

Mas Nina o olha de fato surpreendida: nunca ouviu falar em binômio de Newton. Ele se vira de costas para ela e de frente para a janela para continuar, a voz amaciada até onde dá:

"O binômio de Newton recebeu este nome por acaso, Newton na verdade pouco teve a ver com isso e o binômio poderia muito bem se chamar binômio Carlos Alberto", e ri.

Ri sozinho, gostando de rir sozinho, ri muito, sem se importar de estar rindo sozinho, porque ele sempre ri sozinho, Nina não tem senso de humor, as pessoas não têm. E quando acaba de rir, pensa como seria fácil naquele momento se virar para Nina e dizer, pois bem, vamos ver então esta tabuada de oito. E não seria esta a primeira vez em que ele diz coisas que Nina não entende. E então tudo passaria e ele ouviria a voz infantil de Nina gaguejando no oito vezes sete.

Mas este é um caminho fácil e o professor não gosta de caminhos fáceis e então ele começa uma frase com x elevado a zero sem nem saber muito bem como acabar a frase. Mas sabendo onde acaba seu olho: no que resta, os cinco sentidos.

A sombra de um telhado oferece uma linha inclinada na paisagem. Outras inclinações, hesitantes, ficam por conta de postes que deviam ser cartesianos mas não o são, pois Descartes nos trópicos entorta. A culpa nem é de eventuais desastres de carro nas bases enferrujadas, mas da própria colocação deles, os noventa graus habituais sendo calculados no olho, um torto, o outro fechado, a ponta da língua de fora.

Se se debruçasse sobre o peitoril, o que nunca faz, o professor veria o rio, mais reto e duro do que os postes, pois o sol batendo rijo o transforma em vergalhão de metal imóvel. No entanto, a estrada de ferro ao lado do rio é, ela, um ser em movimento, pois sob o mormaço seus dormentes se mexem sem parar, como peixes lerdos. Uma inversão.

Apenas uma ilusão de ótica produzida pelo mormaço, o

professor repete baixo afastando-se de um peitoril onde não é mais ele que espia nada, mas onde o espia uma loucura que já não dá mais para saber de que lado do vidro nasce.

# 15

"O núcleo de tudo é um calor de verão, meio-dia. E para entender isso é necessário conhecer não o Camus fragmentado das antologias…"

E a citação vinha, quantas vezes contasse: aujourd'hui maman est morte, ou peut-être hier, je ne sais pas.

"Conhecer o calor, não o do Camus fragmentado das antologias, mas o das cidadezinhas de interior, no verão do meio-dia, com suas ruas paradas, onde algum prefeito sempre manda plantar arvoretas de flores vermelhas enormes, obscenas."

As arvoretas têm o caule magro pintado até quase a metade com um branco violento, que se expande, mais violento ainda, quando é meio-dia. E esse branco é repintado constantemente, num esforço importante, com verba especial, porque é preciso, é essencial que se separem as arvoretas do solo. Se não o destino, preso no chão, pelo menos as arvoretas.

Porque nestas cidadezinhas tudo é marrom, o marrom do solo subindo pelas pernas, pele das pessoas, pelas paredes das casas e tomando alento nos cantos das sarjetas, e os cachorros vadios e magros também são marrons, os pés dos meninos e os meninos e os calçõezinhos rasgados dos meninos, é tudo marrom.

E quem visse de repente um pedaço destas cidadezinhas iria achar que as montanhas ao fundo tinham brincado de produzir outras, em miniatura, caprichosas, moventes, e falantes. "São como antigos jardins franceses, onde plantas podadas imitam o formato de coisas e pessoas. Nas cidadezinhas é a terra que é ajeitada cuidadosamente para que pareça ser coisas e pessoas."

Por isso pintam o caule das árvores.

# 16

Chega, joga a valise em um canto, registra a sombra fugidia. Você não foi ao enterro? Não, achei melhor arrumar as coisas para sua chegada. Ah, bem. E tudo de fato arrumado. E o cheiro. Tantos anos a velha no asilo mas o cheiro. Ou é impressão, nariz também inventa.

Depois a aula, do que mesmo?, um x qualquer elevado ao quadrado, o que será que x elevado ao quadrado quer dizer. Então é sem ligar muito para nada que ele se vira.

Nina está mexendo nas peças do xadrez que ele mantém armado já na segunda variante de Blackburne, o que sempre humilha seus raros convidados mas nem assim. Nem assim ele dá importância. Pois não foi ele mesmo que, há um tempo, notando o interesse dela pelas peças de marfim antigo, peças grandes, pesadas, não foi ele mesmo a lhe botar o rei preto, enorme, na mãozinha e fechando-lhe os dedos, não foi ele mesmo a lhe dizer, a voz normalmente tão potente agora fraca e falhada:

"Sinta o peso, olhe o tamanho", a narina inflada.

Mas Nina para de mexer no xadrez e o olha desafiante. Ela

43

é assim, o desafia, e tem essa mania de enroscar os pés nos pés da cadeira, o que lhe deixa as coxas sempre um pouco abertas sob um vestidinho muito pequeno e então o professor diz:

"O x elevado a dois, a um e a zero, e o binômio é só um e zero, entendeu?"

Esse "entendeu" faz parte do jogo lá deles, pois toda vez que o professor diz um entendeu no meio de alguma explicação, Nina imediatamente balança a cabeça com vigor e este gesto faz com que balancem também seus pequenos seios, sempre meio de fora por força dos vestidos propositalmente, o professor tem certeza, propositalmente pequenos. E o entendeu que no começo provoca um olhar de susto, com o tempo vai produzindo, muito pelo contrário, um olhar de riso, quase de triunfo, além de um balançar cada vez mais enérgico dos peitinhos, o que, por sua vez, gera entendeus cada vez mais altos, em uma tabuada particular, lá deles.

# 17

É que o inclinado da sombra do telhado só se mantém desta maneira, inclinada, do meio-dia à uma da tarde, porque à uma a luz corrige sua concessão inicial ao barroco e produz um risco preto, absolutamente horizontal, sublinhando a lógica. O risco preto marca também o fim da aula, e da permuta rio-estrada de ferro, as águas voltando a ser líquidas e a estrada, de ferro. E, naquele dia, o professor se vira novamente para a janela, buscando um ar que não existe e percebe o risco preto que termina a aula. Pelo vidro, ele vê também a figura de Nina às suas costas, de perfil, o braço sempre nu apoiado na mesa e neste braço a marca dele, gringo. É que a sombra do telhado faz do vidro um pequeno espelho e nele o professor vê, ao ver Nina, ele em Nina. Pois a cicatriz da varíola, somada a uma marca fina, talvez de um machucado anterior, produz um G maiúsculo, o G de gringo, já então mais do que um qualificativo, seu nome.

O professor deixa-se ficar mais alguns segundos, sentindo o ferro em brasa a marcar na carne tenra, na escrava, a sua inicial. Se se virar, a marca se tornará apenas uma vacina e perde o sentido que só o espelho lhe dá, pois um G ao contrário nada é. Ele fala então, ainda apreciando o seu G, que o binômio de Newton é apenas um binômio qualquer.

Ele gostava desta ideia: de coisas ou pessoas que ao tropeçarem em um nome que lhes cai bem, ou uma circunstância qualquer, marcante, acabam ficando únicas e interessantes embora sejam completamente desinteressantes.

# 18

Depois ele pergunta como as pessoas chegam a uma conclusão sobre uma fórmula de binômio ou sobre qualquer outra coisa. Como, porra, as pessoas chegam a alguma conclusão nesta porra desta vida, o que é bom, o que está ruim, mas Nina brinca com o lápis.

No silêncio de fim de aula é preciso fazer alguma coisa para que não caiam ambos, não ainda desta vez, no lado de lá. E então o professor arranca o lápis da mão de Nina e escreve alguma coisa no papel, ciente de que uma ação leva à outra, e mais outra, a concatenação inevitável que resulta em dízimas periódicas, nas repetições da obsessão, em uma trepada que não se esgota. Ele escreve algo no papel e bota na frente da menina.

"Um e três quatro. Três e três seis. Três e um quatro."

Ela lê e olha para o professor, triunfante, um mundo simples e nítido, o dos números. Mas o professor morde o lábio superior, franze a sobrancelha e diz hum.

"Vamos precisar de um castigo porque ninguém falou para acertar o coeficiente."

Nina então levanta a saia, pois isso também faz parte do jogo e são estes os detalhes que mais doem aqui ainda hoje, na dobra do braço, aqui no peito e aqui, mais embaixo.

# 19

"Nina levanta-se devagar. Não, ela não tem a menor pressa. E vai levantando a saia e se virando de costas ao mesmo tempo, concatenadamente, se você me entende, a coxa morena, a calcinha puída. E quando ela acaba esse movimento e é um movimento muito lento, ela então se apoia, com a barriga, na borda da mesa, se inclinando um pouquinho, pouca coisa para a frente, esperando a palmada."

A palmada sempre caprichada, forte, e sempre inesperada, que agora é a vez de o professor demorar, antegozando o golpe, que vem sem avisar, e depois o formigamento da mão, e depois o adivinhar do vermelho.

E o calor se suspende, se ausenta, vai embora com o ar, tudo some, só a mão, viva, milhares de injeções e aí não dá mais para parar, e o professor diz: vem aqui, no colo, me dizer qual o resultado.

"Seria o número de termos menos um?, hã?"

E ele balança os joelhos como quem nina e consola uma criança e Nina faz sim com a cabeça, de levinho, e o professor fecha a cara, fingindo zanga e fala com sua voz grossa:

"Seria?"

E Nina responde, desta vez com a voz:

"Sim."

Mas o professor, as sobrancelhas cada vez mais franzidas: hein?, não escutei. Sim. Sim? Sim. E há uma pausa, tudo desmorona.

"Sim, é verdade. Muito bem."

O professor coloca-a no chão porque sabe que uma ação leva à outra, sabe qual o maior narcótico: os atos mecânicos e ritmados, como um néon. E ele a coloca no chão. Porque haverá uma outra aula, e ele quer que haja uma outra aula, e mais outra, porque é disso que ele gosta: de contas que não terminam, coisas sem fim e sem tempo, partidas de xadrez sem solução.

# 20

O professor coloca a menina no chão, mas o calor tão forte.

"Está tão calor, não quer abaixar um pouco as alças do vestido enquanto eu guardo o caderno?"

E não é bem o fato de Nina não querer abaixar, porque às vezes ela brinca de mulher e diz não, e não abaixa, enquanto ri por dentro e balança a cabeça.

Mas é o jeito como não quer abaixar. Ela diz não com a cabeça, os olhos assustados, e com uma das mãos protege o decote de babados do vestidinho. E aí o professor não se lembra bem. Pode ser que ele, ao mesmo tempo em que fala, não quer abaixar as alças?, tente, ele mesmo, abaixar as alças. Pode ser que primeiro ele veja o gesto inusitado de Nina cobrindo com a mão o decote de babados para depois tentar abaixar as alças ele mesmo. Mas o caso é que no limite entre o seiozinho exposto e o coberto, onde costuma haver um pequeno risco vermelho pois, já foi dito, o vestido é apertado, nesta linha que costuma ser cartesianamente reta há duas interrupções. As duas orelhinhas de marfim da cabeça do cavalo branco do jogo de xadrez.

O professor para, estupefato. Nina já se livra dele e é neste momento que se ouvem os passos na calçada.

E é essa a verdade: ao ouvir os passos na calçada, pois à uma hora da tarde começam já a aparecer de novo pessoas, embora poucas, pelas ruas opacas da cidadezinha, pois é só portanto ao ouvir os passos que o professor grita, ladra, e não antes. E faz isso talvez para chamar um espectador para o jogo, porque um espectador definirá o jogo como sendo jogo, algo portanto irreal. Ou, pelo contrário, porque gritar ladra é uma maneira de continuar a viver o jogo, desafio com desafio, e já que não dá para ser de outro modo que continuem assim: ladra. O que supõe um castigo, não?

Mas Nina se desvencilha, a sala apertada. No seu arranco para trás, derruba as outras peças do xadrez e agarra algumas e joga-as contra ele, mas ele continua a gritar, ladra, agora realmente alto e ela agarra então o próprio tabuleiro, grande, pesado, e o lança, mas já batem na porta e quando ela olha novamente para o professor, ele está sentado no chão e de sua cabeça corre um fio de sangue, mas batem mais forte na porta e Nina precisa de um tempo para entender de onde vem agora o muito sangue que ela vê, porque lá, naquela casa, estando para servir, seu primeiro impulso é o de atender à porta e dizer, como vai a senhora.

E é isso.

No hospital, cabeça enfaixada, ele diz sim, é claro que vou registrar queixa, é preciso que essa menina perturbada acabe sua formação moral de maneira reta e segura. Sabendo muito bem que Nina já nada tem para ser formado e que o registro de queixa é na verdade um convite, vamos jogar a negra, Nina, porque deu empate e eu quero te vencer.

Delegacia, a noite na casa do padre porque ela é menor e mulher, e delegacia outra vez no dia seguinte, onde um homem que Nina nunca tinha visto diz:

"Vou te livrar desta encrenca."

O ônibus, a cidade grande. Nunca mais se viram. É este o começo.

"Uma transgressão", dirá ele muito tempo depois. "Uma transgressão, muito mais minha do que dela."

# 21

Mais do que todo o resto, é ele próprio, seu corpo — baixo, encurvado para a frente —, sua maior e mais importante transgressão. Considerado garoto prodígio, desde criança fala em festas cívicas e religiosas em um começo do que será uma vida semipública. Sobe, então, em palanques e sempre há um jeito para que fique na parte mais alta, para que não se vexe com a diferença de altura entre ele e os dignatários ao lado. Sobe e diz com sua voz já grossa, surpreendente quantas vezes a ouvissem. Diz, olhando o céu, ou o horizonte, mas sempre com a cabeça voltada para cima:

"Deve haver uma razão."

E aí faz uma pausa antes de acrescentar abrupto:

"Não, não tenho religião, vocês sabem."

E nesta hora dá uma olhada complacente para o padre a seu lado enquanto espera que acabem as risadinhas da audiência.

"Mas deve haver uma razão por que nascem crianças xifópagas."

E então explica, condescendente, o que significa xifópagas,

significante e significado desconhecidos na região. E fala de outras coisas, conta outras histórias, antes de chegar à conclusão: "E isso é importante, como se chega a uma conclusão."

E a conclusão é sempre de que há uma ordem superior, um mecanismo onde xifópagos, secas prolongadas ou falta de verba para o asfaltamento de rodovias têm seu lugar determinado e já previsto, como em uma equação matemática.

"Não, não. Não é nada de deus, nada disso. Vocês sabem", e mais uma mesura para o padre. "O reverendo, meu velho mestre, que desculpe a franqueza de um jovem descrente."

E mais algumas frases antes de se calar, rosto voltado para baixo. Os aplausos irrompem e só são interrompidos pelo padre que — agora é sua vez de pedir um aparte — sorri e, por sua vez fazendo mesuras, assegura então que o professor voltará ao rebanho quando se sentir mais próximo da vida eterna.

"Não, não estou com pressa, mas aguardarei a volta deste que começou como pupilo e hoje é como um filho e um amigo."

A audiência ri, mais aplausos, e gringo — não no palanque onde sempre é chamado de "o professor", mas fora dele o apelido já vigorando — gringo recebe, sim, os aplausos, ele, o escuro, o baixo, o feio, o que precisa de uma razão lógica que explique a sua exceção.

Pois calhou de seus pais serem da colônia alemã.

## 22

Naquele dia, ele quase não vê as duas menininhas porque, já se disse, são marrons como tudo mais e mais a terra, mas ele ouve a risada estridente dela e porque a conhece bem sabe que é uma de suas risadas falsas. E quando olha, as duas meninas têm nas mãos pedacinhos de folha de repolho e ele fica observando, de onde está não é visto. Fica observando como a menina maior corta pedacinhos de folha de repolho e mostra a Nina, sugerindo por gestos e expressões de rosto que as nervuras e formas dos pedacinhos de repolho são a imagem óbvia de pedaços anatômicos de homens e mulheres, mas quais pedaços?

Mas quais pedaços, gringo vê Nina perguntar com os olhos enquanto ri seu riso falso. De que maneira Nina saberia, mais nova e ingênua, de que maneira, e gringo se repetia, ela sendo mais nova e ingênua, saberia. Mas ela ri, escandalizada por antecedência, escandalizada desde já para que, quando descobrir afinal do que se trata, já esteja treinada.

E há outras cenas, e são estes os pedaços, como pedaços de repolho, que ainda lhe dizem de uma Nina original que se diferencia tenuemente das outras ninas, as que ele chama com um menear de cabeça, nas viagens, nas paradas, sendo que a diferença maior entre a Nina original e as outras é que estas outras de nada saberiam sobre Evelyn e sobre o sofá de jacarés.

Gringo olha para ela.

São parecidos, ele e a desconhecida a seu lado, têm ambos as suas camadas e até mesmo o nome poderia ser intercambiado pois se ele é gringo e com esse nome ou apelido se esperaria um branco, um estrangeiro, Nina deveria ser Catarina, Joaquina e seria ela a escura, não houvesse incorporado tão bem, como seu, o platinum blonde dos cabelos tingidos. E gringo se vê como quem monta um quebra-cabeça, quando uma peça ausente, um buraco, subitamente tem sua forma desenhada, nítida, pelo contorno das peças presentes, uma ausência que não é mais ausência, mas presença ao contrário.

Assim como os homens que ele via dormir com suas armas e nas quais acrescentavam marquinhas e pequenos enfeites, e às quais davam nomes, existia para ele uma Nina, com a qual dormia à noite sozinho na sua rede, e onde inscrevia marquinhas e enfeites, alguns tirados das caboclas que com ele iam para o meio da selva, as índias mestiças que ele encontrava e perseguia, ou as putas gordas, tão gordas que mal se mexiam, nos vilarejos da fronteira e que, por quase não se mexerem, o atraíam, impotentes, viradas com brutalidade, e lá ficando, sem conseguir desvirar, até que ele se cansasse delas — tartarugas de bares ribeirinhos. E quando o ruído do monomotor estabilizava e ele se sentia embalado (nos dois sentidos) por esta babá prateada que o envolvia, gorda e ronronante, então tentava se lembrar de Nina como ela de fato tinha sido, antes dos acréscimos, como a tinha visto pela última vez, no dia da aula do binômio. Mas a lembrança era cada vez mais fraca, mais misturada com outras e por fim ele aceitou que Nina se tornasse um nome genérico, um substantivo comum, uma nina, o que até combinava, porque ele próprio, em vez de um substantivo próprio, tinha, como nome, um qualificativo, ele também um gringo, um dos muitos, da selva.

# 23

A moça dança no meio do quarto:
"Molé, trapiche, molé
molé, pues si sos tan guapo
que la hornilla tiene leña
y el fondo quiere guarapo.
El tiempo que yo perdí
quando me puse a querer
hubiera sembrado coca
ya estaría para moler.
Molé, trapiche, molé
molé la coca ganada,
molela a la medianoche
molela a la madrugada."
Ela canta com sua voz fraca, e música e dança nada têm a
ver com o som do rock que chega da sala e é engraçada aquela
cena, de alguém dançando uma música enquanto se ouve outra,
isso em um quarto vazio, iluminado apenas por um néon que vem
da janela, e gringo deixa-se ficar, observando, sem querer muito

pensar em como aquela moça pode conhecer a musiquinha dos plantadores de coca.

Nina tem em criança uma camisola listrada de vermelho e branco e ela levanta muito cedo e fica perto do pai, fingindo ser um dos filhos homens com compromissos sérios de trabalho e um dia o pai pode ter dito, deixa eu ver esses peitinhos, e afastado a pala da camisola listrada. E é só isso que ele, gringo, sabe, aos pedaços, por fiapos ditos aqui e ali e ele quer saber se foi só isso mesmo. Mas não pergunta na época e hoje já nem sabe mais por que quis tanto perguntar isso, e o que sai, sai fácil, escorrega para fora da boca porque já tem sido dito tantas vezes, para tantas mulheres: Nina. Mas desta vez, no momento mesmo em que escorrega para fora, gringo tenta pescá-la de volta pois desta vez, ele sabe, é uma palavra definitiva. Mas não dá.

"Nina."

A boca da moça, que estava franzida, abre-se em um sorriso quase meigo, olá professor.

# 24

"Foi há muito tempo, deve ter sido no Guaporé, num barril de conservas estava sentado um gringo dos muitos que havia por lá e logo atrás estava sentado um outro cara."

Faz uma pausa e continua, pois já que começou não há outro jeito senão continuar.

"A reunião era meio tensa e de portas fechadas e o cara, o do barril, já havia ouvido falar daquele gringo, aliás, como todo mundo, e havia assim uma certa expectativa."

O tal gringo se levanta para falar e sua voz é estranhamente grossa para seu porte físico porque o gringo é baixinho, quase fraco, embora digam que seja perigoso e ágil como um gato. O gringo se levanta e sua voz grossa diz palavras de mando, de arrogância.

"Mas não foi a voz nem as palavras o que ficou registrado na memória, voltando de vez em quando como um seriado de TV. Foi outra coisa."

O gringo fala, a voz grossa, as palavras prepotentes, e enquanto ele fala, faz, com a bunda, um movimento ritmado para a frente e para trás, automaticamente, um tique nervoso, uma demonstração secreta de insegurança.

"E foi isso. Uma besteira, um detalhe de nada, desses que se guardam na cabeça sem nem saber por quê. O cara, lembra, o cara que eu estava contando, estava sentado bem atrás do gringo e por isso ele não via o rosto dele, só ouvia sua voz, prepotente, e sua bunda, insegura."

E a bunda contrai, o corpo chegando uns milímetros para a frente, e depois descontrai, o corpo voltando ao seu eixo normal. E depois outra vez.

Tânia levanta-se do sofá, agora para, postando-se bem na frente de gringo, puxar a saia pregueada de maneira que se ajuste ao corpo.

"Assim, veja." E contrai a bunda, e depois descontrai. "Espere, vou fazer mais forte para que você possa ver."

Ri.

"O homem que estava atrás de você era P. A gente sabe de tua vida, gringo."

# 25

Deve ter sido na época hippie de P., continua Tânia. Andava por aí, dormindo na praia com sua mochila. Ele e Gordo. Nesta época se chamavam Gordo e Flaco. De vez em quando param em algum canto e ficam se catando ou trançando fio de palha para fazer pulseirinha. Um dia param em um estacionamento de clube. É começo da noite e eles acham que talvez dê para dormir por ali e estão lá, quietos, quando um grupo de quatro homens sai do anexo do clube.

Os quatro homens ficam parados, nas portas de seus carros, continuando a conversa que vem desde o anexo. Um deles fala de maneira irritada, pegando outro pelo braço, veemente. Fala baixo, como se o assunto fosse secreto, e fala baixo desde o anexo, e não porque já tenha visto os dois hippies sentados embaixo da árvore. Não tinha. Mas fala baixo, embora sua voz seja grossa e as palavras duras.

E Gordo e Flaco estão bem atrás dele e ficam olhando os homens, sob a luz fria, de mercúrio, que já está acesa. E então Flaco vê. O homem fala com sua voz grossa e prepotente mas a bunda contraindo e descontraindo, em um tique nervoso, ritmado, entrando e saindo da claridade da luz fria porque, quando ele a contrai, ela, a bunda, fica na sombra e quando ele a descontrai, um pouco da luz de mercúrio a ilumina.

Isso dura alguns minutos, os homens se despedem com tapas fortes nas costas uns dos outros e finalmente entram nos carros, alguns de chapa de bronze e motorista. Todos menos o da bunda, que lá fica, mão na cintura, até que os carros saem e ele se vira e vê os dois hippies amontoados embaixo da árvore, Flaco olhando-o fixamente. No silêncio hostil que se segue, Flaco acha que precisa dizer alguma coisa.

"O senhor tem algum emprego para me dar?"

# 26

(*Eu não gostava de hippies e disse não, acrescentando: e vocês não podem ficar aqui.*

*Eles saíram.*

*Nesta noite dei meu passeio pela orla marítima, como costumava fazer sempre, e, na altura da rua do clube, encontrei-me novamente com P. e sua mochila. Ele parecia ter arrumado um canto na areia para dormir. Me disse olá, me pediu um cigarro.*

*Eu tenho de fato esse lance. Me irrita o desafio. Eu topo. Dei o cigarro.*

*Ficou segurando o cigarro. Não tinha fósforo. Dei o fósforo.*

*Ele acendeu e chupou a fumaça segurando o cigarro de uma maneira que eu gosto muito, com todos os dedos, agarrando, a bem dizer. Me devolveu a caixa de fósforos e aí disse:*

*"Vamos tomar um banho de mar."*

*E olhando minha impecável bermuda cáqui:*

*"Pelados."*

*Fiquei olhando para ele um bom tempo antes de responder:*

*"Não. Vamos de roupa mesmo."*

*Ele começou a tirar a roupa. Tinha uma sunguinha por baixo. Depois que ele acabou eu comecei. Tirei a camiseta, depois a meia branca, o tênis. Quando acabei ele deu uma corrida e mergulhou na água de onde acenou para mim. Caminhei para lá, no começo devagar, depois correndo também. Mergulhei. Quando emergi ele não estava à vista, a brincadeira infantil de se manter embaixo da água, depois apareceu. Perguntou se eu trepava com homem. Eu disse não.*

*Saímos da água e ele se espadanou como cachorro novo. Andamos até nossas roupas, a distância me parecendo enorme. Nos vestimos, eu guardando as meias no bolso. Peguei dois cigarros com cuidado para não molhar e ele me ajudou mantendo o bolso de minha camisa aberto. Acendi-os e passei um para ele.*

*"Bueno, vou esperar o Gordo."*

*Comecei a ir para a calçada, sabendo que ele me olhava nas minhas costas. Me virei e disse:*

*"Ainda está procurando emprego?"*

*Ele riu. Pois se não fazia nem uma hora que ele tinha me pedido emprego.*

*"Então vá me procurar amanhã no clube", e acrescentei, paternalista: mas vá com roupas decentes.*

*Há coisas que não se contam.)*

# 27

Uma cena possível.

Os homens do Guaporé chegam escabreados, meio duros dentro da roupa dura de goma. Eles tomaram banho e parte da macheza deles, a macheza do suor, barba por fazer, fedor e sujeira foi, junto com a água e o caco de sabão feito em casa com banha de porco, cinza e potassa, aumentar a lama marrom da parte de trás das casas do vilarejo, no papel principal, o Clint Eastwood.

A porta fecha com um rááá e, depois, torna a ser aberta com outro rááá quando mais alguém chega, a senha gritada do lado de fora. E o rááá parece então uma gargalhada de caçoada pelos cuidados excessivos, senhas, portas fechadas. Pois do lado de fora a lua cheia ilumina como um sol os carros estacionados a esmo sobre o capim alto, inclinados por causa de formigueiros, entulhos, com suas latarias brilhantes como chamarizes, levados para lá em cargueiros aéreos ou barcos. E este brilho é o mesmo brilho dos plásticos coloridos, em geral amarelos, que os bimotores jogam nas noites, em voos rasantes, no meio da selva. Havia um cara entre eles que comia pasta de dente, ele achava o tubo lindo, brilhante, colorido, então comia.

Às vezes não era só o rááá, mas também o toin, toin de uma tranca de ferro sendo arrastada pelo chão de terra batida e dura.

E no ouvido de gringo, ainda e sempre, também o rrrr de um microfone sendo ajustado em um palanque, primeiro na cidadezinha, depois em uma capital rude, poeirenta, onde tapetes vermelhos fazem o simulacro do luxo e onde pessoas tentam fingir que não estão morrendo de calor dentro de ternos provincianos. O rrr, parecido, que faz uma cadeira sendo arrastada por servente descuidado minutos antes de começar a reunião, cuja importância pode ser medida pela quantidade de coisinhas colocadas na frente de cada participante, dos assessores disso e daquilo, copinhos de água, água, café, canetas, lápis, pastas de papéis, impressos, calculadoras e a plaqueta, com o nome de cada um e que gringo vê e revê, um nome estrangeiro, quase desconhecido, na sua frente, ele aquele.

# 28

"Diziam que el gringón era um misto de assessor de político e traficante de fronteira, e que prestava serviço para qualquer um que pagasse, DEA inclusive, e que este serviço era o de trazer armas e levar coca, uma coisa pagando pela outra, e ainda sobrando um troco."

E ele carregava, na pasta, os folhetos de uma empresa fabricante de armas, para um varejo paralelo e legalizado, coisa quase inocente, elegantes pistolas de dois tiros, beretas de cabo banhado a ouro para senhoras. No cabeçalho do folheto a frase: armas para cavalheiros — e um arabesco bonitinho. Embaixo, o endereço em Miami para as encomendas. Mantovani Bros. E mais uns arabescos, o correspondente a punhos de renda se papelzinho tivesse punho.

"Mas dentro do aviãozinho, gringo, vêm metralhadoras israelenses, bazucas e morteiros."

Gringo olha para Tânia.

No Guaporé, no Piollo, nas clareiras, pistas e ligações rodoviárias com a BR-364, abertas a tanto custo e, tão logo abertas, fechadas outra vez pelo capim, pelo calor, pela terra marrom. E pelos nambiquaras, mequéns, alantesus, uasusus, maneirisus, saraés, que abrem as picadas em troca de presentes e depois tornam a fechar, às escondidas. Mas isto faz muito tempo, foi antes dos madeireiros e sua caça às cerejeiras e mognos, antes dos mineradores e seus buracos de cassiterita, antes das ONGs e seu comércio de coisinhas (plantinhas, bichinhos, pedrinhas) — tudo dinheiro de gringos produzindo seu rastro de clareiras. Gringo olha pela janela. Podia simplesmente sair voando, devia estar silencioso lá fora.

Na praia, tempos atrás, gringo e P. tinham nadado juntos uma noite, um tipo de dança de aproximação. Houve nos primeiros minutos uma expectativa de que P. iria tentar chegar perto, pegar, agarrar, apalpar, mas não, ele simplesmente nadou e só se ouvia a água e a respiração de ambos e, depois, em um dado momento, o ruído de um avião. Os dois olharam para o negro do céu onde se via a luzinha vermelha piscando e P. disse, allá, allá! el pájaro terrible que mató a Gardel! E essa é a primeira e única vez que gringo ouve alguém se referir a um avião desta forma.

Foi esta a paixão. Não foram os ódios, ou só os ódios. Foi Gardel à noite. E, é claro, a axila. Porque P. disse o que disse com o braço levantado, apontando o céu, e a axila era uma das poucas coisas decididamente masculinas de seu corpo.

Gringo suspira. Levanta. Vai para o meio do quarto, faz passos caricatos de dança caipira:

"Afiei meu canivete,
no capim-barba-de-bode,
que tempo que nós não mete,
que tempo que nós não fode."

Depois diz para a moça à sua frente:

"Como você vê, eu também conheço minhas musiquinhas."

# 29

"Olha, vai acontecer alguma coisa, acho que seu apartamento deve estar sendo roubado neste exato momento."

"Como assim?"

"Isso é real. Eu disse que P. viajou e não volta. Não viajou. Deve estar roubando o teu apartamento. Não que isso me importe e, descubro agora, também não te importa muito, estou enganada?"

"Você está mentindo."

"É possível, mas veja bem, faz sentido. Se você for lá, qual vai ser a história? Ex-assessor do Congresso, meia-idade, no caso você, assassinado por seu jovem amante, o P., em caso de latrocínio."

"Meu apartamento é bem perto daqui."

"Eu sei. Vem cá, você já esteve em delegacia? São todas iguais."

Gringo levanta, vai para o banheiro, fecha a porta, não acende a luz, não há mesmo nada para ver do lado de fora de sua cabeça. Primeiro senta e depois deita na banheira, a cabeça apoiada na borda, um pé na parede o outro na tampa do vaso. Nesta posição a calça do terno não amassa.

A palavra gringo vem de green-go. When green, you go, ensinam os ingleses da estrada de ferro, abaixando-se para ficar na altura de seus interlocutores morenos e descalços. E quando tornam a se endireitar, as bermudas cáqui não amassaram nadinha, impressionante.

# 30

Lembranças.

A delegacia tem o pé-direito alto, as paredes grossas. E o que foi jardim em épocas mais amenas, tornou-se pátio cimentado para os carros. Há um anexo, de construção mais moderna e, neste anexo, o chão de linóleo barato já está, embora quase novo, todo furado pelas pontas de cigarro. A luz de mercúrio pisca sem cessar em saletas pequenas, resultado da divisão de um salão outrora amplo. Trastes por todo canto e os banheiros, localizados na parte mais antiga, são grandes mas sujos. As janelas estão presas com arame ou têm grades, não abrem. Os policiais têm marcas de suor embaixo do braço, barba por fazer.

Eles olhariam para os representantes do consulado norte-americano — cujas camisas são de um branco que não existe por aqui, um branco brilhante, dá vontade de comê-las, mijito — por trás de uma grossa camada de suor, pó, gordura, humilhação, impotência mas também ironia. Na mesa dos policiais não há canetas, clipes, papel em branco, carbono, fita para máquina de escrever cujo i, aliás, caiu há muito tempo. Computador ninguém sabe o que é. No banheiro não há sabonete, papel higiênico e água só dia sim, dia não, porque a cisterna é pequena. Os carros aguardam peças, reparos, combustível. E para pagar o mecânico que faz os gatilhos nos motores há um acordo, uma troca de serviços.

Os americanos chegariam lá do jeito deles, oferecendo ajuda técnica, não é sempre assim que chegam? Oferecem ajuda exigindo deferência, obediência, como é do jeito deles e vão agir assim porque é assim que agem sempre e não porque desejam mesmo elucidar algum crime.

Eles não querem resolver nada porque o defunto em questão tinha amizades e hábitos estranhos, era de uma cor morena suspeita e sequer americano de nascimento. Os policiais vão sorrir com ironia e dizer, não temos verba, mister. Porque é a verdade, eles não têm verba para a saída dos carros, para pagar o almoço fora dos homens em diligências, para comprar a lâmpada que ilumina o quartinho do arquivo, tirar a xerox que o mister deseja e eu, se fosse o mister, não bebia desta água porque o filtro está quebrado para mais de seis meses. E os policiais irão ficar esperando, dissimulados, espanando pó e moscas, até que dólares tilintem.

"Tilintarão? Duvido", diz Tânia. "Porque o gringo estaria em decúbito dorsal, nu e enforcado na sua própria gravata, em bairro de péssima fama e o crime parece ter ocorrido durante festa gay onde rolaram substâncias proibidas."

No tenemos plata, dirão os policiais, rolando de rir ao imitar o espanhol que os americanos consideram ser o idioma de todos nós, os mestiços. E o cadáver também riria, porque, mesmo naturalizado, continuaria moreno, pequeno, hispanic — mas hispanic falso em delegacia que foi solar de nobres (falsos) do século passado.

"A delegacia e você, ambos, bigodes desenhados em reprodução da Mona Lisa. Todos nós."

# 31

O cheiro quente de eucalipto se mistura ao cheiro de suor, há eco pelas paredes e um homem gordo que respira fundo e olha fixo para o nada, antes de abaixar os braços e fazer, assim, os pesos da máquina subirem.

A festa é logo mais à noite, mas gringo acha que vai encontrar P. no salão de ginástica, pela manhã. O rapazinho das fichas lê revista em quadrinhos, o homem solta os braços e os pesos da máquina caem com estrondo. O rapazinho assusta-se e só então nota a presença de gringo.

"Ele não veio?"

Mas aí gringo nota, misturada à música, longínqua, a voz de P.: agoooraaaaaa.

Na primeira máquina, ilíaco, pectíneo, o grande psoas, o curto e o grande adutor, o reto anterior, o interno da coxa, e o vasto medial — a ficha diz 40. A segunda máquina, onde se fica de bruços, é a do médio e grande glúteo, bíceps da coxa, semitendinoso e semimembranoso e também, embora menos, a dos gêmeos, longo e curto peroneiro, extensor e flexor do pé, se bem que, para estes, gringo prefere a sapata de ferro acoplada à última máquina, a do oblíquo externo.

Ferro, suor, luva de couro e borracha até levitar.

# 32

A ficha diz 40 e gringo começa um, um, dois, dois, três, três, enquanto ouve, por trás do hell on earth unplugged, a voz de P. em havia una vez una pequena niña a la que querían todos los que la veían, pero sobre todo su abuela.

Gringo para. O rapazinho olha surpreso para ele, não é recomendável parar no meio dos exercícios. Gringo recomeça, cinco, cinco.

Un día le dió una pequeña caperuza de terciopelo rojo que le quedaba tan bien que ya nunca quiso usar otra, y la llamaron caperucita roja. Treze, treze, catorze, doze, doze, oito, o que P. está fazendo com o chapeuzinho vermelho? Un día su madre le dijo: ven, caperucita roja, aquí tienes un pedazo de pastel y una botella de vino, oi, oi, um cara, assobiando, passa em direção aos armários. O gordo está agora estirado no chão.

As máquinas têm uma ordem e é necessário que gringo desocupe a primeira para que o recém-chegado possa começar, trinta e oito, trinta e oito, trinta e nove, trinta e nove, ahhhh, que é o suspiro-código para indicar o fim de uma sequência. Gringo passa sua toalha pelo plástico suado da máquina e vai para a segunda, um, um, dois, dois, tendré mucho cuidado mamancita, onze, onze, uma pausa. Gringo escuta risadinhas infantis, provavelmente P. está fazendo caretas ao imitar o lobo, ele gosta disso, de ser ator na vida. Gostamos.

Buenos días, caperucita roja, dijo él. Muy buenos te deseo, lobo. Adonde vás tan temprano, caperucita roja? a la casa de mi abuelita.

O gordo some e o novo cara termina a primeira máquina, enxuga o plástico com a toalhinha e agora olha impaciente para gringo, trinta e nove, ahhhh — e gringo passa para a terceira, peitoral, e finge consultar sua ficha, 40, 30, 50, os números dançam. Mas o lobo pensó, que niña más tierna, que bocado más delicioso, e gringo recomeça um, um, decidido a fazer o ahhh e dar seu peitoral por encerrado no oito oito. Mira que lindas están las flores, por que no te vás en el caminho del bosque para pegarlas, o salão agora está cheio, ninguém fala, só bufa, e mais the dead mammies in concert e o barulho dos pesos subindo e descendo y el lobo se engulló a caperucita roja. Y volvió a meterse en la cama, se durmió y empezó a roncar ruidosamente. Un cazador passaba frente a la casa y quando vió que era el lobo que dormia en la cama dijo: aqui te tenía que encontrar, lobo malvado, y pegando la metralhadora Ina portátil de 30 mm, 1600 tiros el minuto, con carregador inoxidável, resfriada a ar, sistema de recuo e médio alcance, quatro quilitos, no más, empezó a abrirle fuego, trtrtrtrtrtrtrtrtrtrtt.

P. faz trtrtrtrtrtr com a língua entre os dentes e fôlego invejável, gringo acaba, vinte, vinte. Esquece o ahhh.

As menininhas da aula das oito têm entre seis e oito anos e usam malhas de balé cor-de-rosinha, meinhas rendadas, fitinhas no cabelo, sapatilhas combinando. Fazem trejeitos e dão gritinhos de mocinhas, algumas vêm de batom, P. as detesta. Gringo consegue adivinhar P. apontando o dedo-metralhadora bem no meio das testinhas tratadas a xampu e iogurte e, entre um trtr e outro, P. agora enumera pedaços imaginários de miolos ensanguentados, allá, un pedacito de miollito que se cae, allá un otro!!, estilhaçando, assim, os espelhos onde as menininhas miram todos os dias o futuro velho delas, o futuro-passado de femeazinhas bem treinadas. Gringo fica parado e continua parado, a ficha na mão, enquanto à metralhadora dente-labial da sala ao lado se juntam vozes alteradas de mulheres, gritos histéricos das menininhas e agora uma versão rave de uma música dos Beatles, consomem tudo, é só dar tempo. Quase tudo. Você está louco?, alguém pergunta. Difícil resposta, gringo resolve que o melhor é ir para a bicicleta de pressão, uma máquina que não entra no circuito normal da ginástica e onde ele não precisaria lembrar de nenhuma sequência.

# 33

P. já devia ter ido embora, direto da caperucita roja para o nunca mais.

Gringo para com a bicicleta, as coxas que nem são mais suas indo relutantes a caminho do chuveiro. E é por trás da cortina fechada que ele escuta:

"Ainda por aqui, gringo?"

Gringo deixa suas costas escorregarem pela parede até sentar no chão, você vai ser despedido, você sabe, não?

"En el resto de mi vida nunca más dejaré el camino seguro para correr por el bosque, dando desgosto a mi madrecita", ri P.

Que gringo não se preocupe, ele já tem mesmo um outro trabalho em vista, Gordo conseguiu uma licença para instalar um estande de quadros na feira hippie.

"Gordo?"

"Sim, não comentei com você, encontrei-o por acaso outro dia."

E do chão do chuveiro, através do ruído da água que continua a cair, gringo fica adivinhando os movimentos de P. que pega suas coisas, esvazia o armário, entrega a chave para o rapazinho da recepção e quando gringo acha que, bem, acabou, ouve sua voz, já da porta, alto para que ele ouça, como se tivesse esquecido:

"Até a festa, amigo."

É porque somos ambos homens de fronteira, tinha dito um dia gringo a P., ou foi outra besteira parecida.

Vou sentir falta quando isso tudo afinal acabar.

# 34

Gringo e P. davam essas voltas pela orla sem se olharem porque se o fizessem se fundiriam. Pisam as calçadas de pedras soltas, irregulares, como quem pisa no fundo não visível de um mar negro e ondulante e perigoso que a qualquer momento poderá afogá-los. E olham o mar negro à sua frente como uma terra firme e clara, em cuja fronteira tenham enfim chegado. E olham para os rapazes que dormem, suas mochilas na areia, nos vãos das escadas, como quem cataloga peixes.

"E Gordo?"

"Nunca mais o vi."

Na época em que conhece P., gringo se sente ancorado. Nunca tinha tentado se aproximar desses jovens peixes de areia, a se moverem sob a lua da meia-noite, com suas mochilas, e que lhe lembram os peixes igualmente escorregadios e imaginários, que se moviam no meio de dormentes de uma estrada de ferro que ficara para trás, sob não mais uma lua mas um sol de meio-dia.

Durante um tempo, eles passeiam e fazem exercícios sem se falar, ríspidos, vivendo de grãos ásperos de areia, securas que arranham a pele, cotovelos dobrados, ângulos, choques de músculos que depois arroxeiam, zíperes grossos das calças jeans, gemidos só quando escapam, involuntários, mas mesmo assim bem-vindos.

E é isso que muda. Agora um mingau morno de rotina suaviza surpresas, o mingau do fim, e então P. diz:

"Vamos dar uma festa. Para comemorar a grana da tua comissão, o meu novo apartamento, mobiliado graças a você e à sua grana, e para comemorar..."

E para no meio da frase, fazendo um muxoxo e partindo para outra coisa, um hábito seu, porque P. fala deste modo, pela metade, cortando os assuntos, como quem corta pedacinhos de folha de repolho com a mão, esperando que seu interlocutor compreenda do que se trata, que saiba a que partes da história se referem os pedacinhos, onde havia, devia haver, uma malícia. Mas qual?

Gringo tinha ensaiado umas frases para terminar o relacionamento, algo do tipo que tendo ambos vindo de perto da fronteira estão fadados a procurar sempre o lado de lá, a ultrapassar o limite.

Ou outra bobagem que pintasse, qualquer coisa que der para articular na hora e que pareça fazer sentido. Porque o importante, isso ele aprendeu, é continuar de algum modo, o dia seguinte.

# 35

Dias antes, P. diz que a festa é para comemorar os dólares da comissão mas depois pergunta:

"Você vai ganhar com sua mediação, não? Vai ter gente ganhando."

"Tranquilo, chico, já ganhei, já ganhei. Estão no cofre, os dolarcitos."

E para provar, crediário para a compra de móveis.

Mas é mentira.

Batiam já por alguns minutos quando gringo se levanta da banheira seca. A festa deve estar acabando, e quem bate pode ser P.

Mas não é.

Mão na maçaneta, gringo tenta se acostumar com duas coisas, a claridade do lado de fora e o fato de não ser P.

O menino, bonito como uma menina, fala e vira a cabeça para seu companheiro que concorda com tudo.

"Hein? Você podia fazer o discurso de inauguração do apartamento, já que P. sumiu."

Gringo sai do banheiro, passa pelo sofá de jacarés, vazio, tenta ver se Gordo está nesta festa.

"Gordo vai estar na festa, P.?"

"Não se você não quiser."

As pessoas no meio da sala, o rock desligado. Há mais coisas desligadas. Tenta se situar: sim, ele é desses coroas que caem de charme. De pé, ao lado do jipe que estaciona de qualquer modo na avenida da praia e quando vem, o que é raro, um guarda, ele joga uma conversa olhando-o nos olhos, irônico. E o guarda se recolhe ao sentir, por instinto, que aquele animal de sunguinha ali de pé é perigoso, o jipe sendo um símbolo: motor ligado no desperdício de combustível a indicar que tem dinheiro, e lataria maltratada a indicar que não liga para dinheiro. E a sunguinha minúscula de onde saem uns poucos pentelhos claros e uma de suas mãos passeando sensual por seu próprio corpo, e as frases inteligentes. Mocinhas e mocinhos riem, excitados, e P. passeia então os olhos pelo grupo, um certo orgulho, o gringo come na mão dele.

# 36

As pessoas estão de mãos dadas, olhos fechados, e fazem huuummmm. No telão, uma família toma café: bacon, ovos, cereais, flores na mesa. Sempre há flores nas mesas e sempre caperucita roja regresa a su casa mui contenta — gringo demora-se na porta, oco. Um tubo oco onde um gás incolor e inodoro reage, mecanicamente, a descargas elétricas de 15 mil volts, ou então à adição de mercúrio, produzindo cor. Ritmadamente, no caso de haver uma minuteria acoplada, pum, pum. E verde, no caso de ser verde. Na vidraça do quarto o reflexo do néon está mais fraco, já deve ser quase manhã, gringo fica na porta, olhando a vidraça, esperando a corrente positiva do huuummm acabar e a moça, que se chama Tânia ou Nina, sair de lá. Pois Tânia ou Nina está lá, presa como que com algemas, na corrente positiva, ela também fazendo hum.

No meio das pistas de pouso, iluminadas só com buchas de querosene, há um momento quando a hélice já quase para e as pessoas ainda não saem de trás das árvores, que ele também faz huuummmm, bem baixo, para ele mesmo, mas aí é para não escutar o silêncio. Porque antes de as metralhadoras estourarem, fazendo buracos na fuselagem, nele, em tudo, há sempre um silêncio e gringo sabe, um dia viriam, as metralhadoras, o cu virado para ele. É por isso, por causa deste silêncio de quando a hélice já quase para, que ele larga tudo, avião, carga, cheiros, e agora uma saudade que é uma coceira que se coça todos os dias para que, justamente, não pare nunca de coçar.

Tânia ou Nina está próxima dele e o círculo de pessoas para outra vez e mesmo o barulho dos carros na madrugada para também. Na vidraça o reflexo do braço de Tânia ou Nina, é este o braço?, sim, é este, a menina debruçada sobre a mesa que não está lá, o mesmo braço, mas naquele de agora, nenhum G.

Ele segura o braço da moça onde não há nenhum G.

"Me solta, professor, você me machuca."

# 37

P. tira uma foto da caminhonete alugada, depois uma de gringo ao lado do carro, outra da rua para cima, da rua para baixo, e da fachada do prédio onde gringo morou na infância. Depois senta em um banco sombreado por árvores que gringo leva um tempo para reconhecer. São as arvoretas cujos caules costumavam ser pintados de um branco rigoroso e que sofriam podas também rigorosas, o que as mantinha redondas. Há um resto de branco nos caules, mas galhos rijos como pênis saem do ex-arredondado em direção ao céu.

"Tira uma foto de mim aqui, gringo."

Nunca.

Gringo liga o motor da caminhonete e fala:

"Mija aqui que eu quero te mostrar uma coisa."

"Nunca."

"Porra, mija, carajo, não tem ninguém, a cidade está deserta, quero te mostrar uma coisa."

Mas P. diz: não, fico com vergonha quando não tem ninguém olhando, só gosto quando há plateia.

O mijo dos meninos escorria por entre os quadradinhos de cimento que compunham o calçamento das ruas da cidade. Sempre o mijo e nunca a chuva porque quase não chove na região.

"O terceiro melhor clima do mundo."

Riem. Mas gringo está chocado com o tamanho dos quadradinhos porque sua lembrança é de que eram maiores. Gringo fala sem parar, sobre isso e outras coisas. E aí para. Havia um passarinho na selva que, quando um bicho estranho se aproximava de seu ninho, piava sem parar e andava torto, capenga, palhaço, devagarzinho mas cada vez mais para longe. Para que o estranho o seguisse e se afastasse. Gringo para.

Depois que os meninos mijavam nas calçadas ficavam olhando o mijo desenhar desenhos gregos nos quadradinhos de cimento, e olhavam também para gringo, que tendo estado olhando para eles, agora desvia os olhos.

# 38

O Bar Don Juan era infinitamente melhor do que o Bar do Taufik, diz gringo.

"Sentávamos ali, e o que você esperava? Bebíamos bebidas estranhas e fora da moda da época, como vermute, cassis, madeira, e considerávamos que estávamos na França. Fazíamos versos."

Chegávamos as cadeiras um pouco para trás e nos estirávamos quase deitados, olhando para o alto enquanto declamávamos versos com cara de quem os inventava na hora. E eram esses versos, quando me levantava cambaleante e meio bêbado para voltar a casa, o que me permitia olhar de cima para os homens que ficavam no outro bar, o Bar do Taufik, e que eram, eles, os ex-meninos que mijavam na calçada.

E faltava dizer que ele e seus amigos ficavam até altas horas no Don Juan e que o dono, Juan, quando cansava de dormitar atrás do balcão, chegava para eles e, jogando as chaves, dizia: vocês fiquem aqui seus maricones que eu vou dormir com a patroa. Deixava a chave com Jesus, seu vizinho, e no dia seguinte passava lá para apanhar.

"Um dos caras se chamava Jesus, e o apelido dele era Jesus-alegria-do-chefe, porque era funcionário público e chegava no bar atrasado. Atrasado para quê?", e gringo ri. "Mas chegava no bar com cara de quem estava atrasadíssimo. Vinha com pilhas e pilhas de papéis e dizia que só ia ficar um pouquinho porque ainda tinha de rever aquilo tudo, pedido do chefe. E ficava a noite inteira, sempre o último a sair. Mas punha de quando em quando a mão sobre a pilha de papéis, que ele acomodava como uma virgem na cadeira ao lado, e dizia: ai, meu deus, meu chefe vai ficar tão triste."

E às vezes não dá para seguir falando coisas.

Avenida Coronel Santiago Vergueiro. Rua Major Ordás, o carro vira nas ruas estreitas e desertas, com suas casas e prédios baixos de tábuas pregadas nas portas e janelas e com o papel da empreiteira colado nas tábuas, no trespassing. O carro vira em uma curva e há uma ladeira forte de descida, eles descem devagar, ponto morto, o barulho do motor diminuído, e a vista se estendendo até os morros, até o rio. Um fim de filme e gringo tem vontade de que o carro siga em frente, devagar e em silêncio, sempre em frente, até acabar a gasolina no meio do deserto, até que alguma música tome conta de tudo e eles fiquem cada vez menores, até restar só a música. Fim.

Bonito isso.

Hein?

Disse que era bonito isso aqui.

"Não é?"

# 39

Ali era a papelaria, logo adiante a farmácia e na farmácia havia uns bancos de madeira muito confortáveis, e a farmácia era fresca e então, quando as pessoas andam na rua às vezes ficam tentadas a sentar nos bancos de madeira. Mas nem sempre o fazem porque os bancos são de espera para tomar injeção.

"E não dá para fazer aahh de alívio quando ao seu lado alguém está com o rosto contraído porque vai tomar injeção, então seguíamos adiante, por mais sol que houvesse."

E agora ele ia falar do fotógrafo, o Busnardo, mas na hora mesma em que ia apontar, ali o fotógrafo, P. faz um clique com sua máquina.

Gringo fica apontando o vazio e ouvindo o clique. O Busnardo, quando a foto era de grupo — famílias ou estudantes de colégio —, ajeitava todos na calçada. Ficava mais natural, dizia ele. E apoiava o seu grande painel pintado de flores e passarinhos atrás das cadeiras, no meio da rua, todos paravam e ele clique. Bem ali.

Foi estranho, e gringo então diz: vamos.

Voltam para o carro, o carro também tão estranho no meio da rua deserta porque gringo, ao parar, tem o impulso de estacioná-lo mas depois, caindo em si, o larga meio torto, a rua inclinada, o carro meio torto, no meio da rua deserta, onde o sol bate tão forte que gringo fica parado esperando escutar o latido de cachorros, em suas distâncias variadas. Os cachorros que se falam uns aos outros, em distâncias variadas, traçando a geografia das cidadezinhas onde vivem, esta a função dos cachorros.

# 40

De pé ao lado do carro, gringo olha para a rua que sobe. Mais para cima o Jardim de Baixo, com a sorveteria, a casa de tecidos e mais para cima ainda, o Jardim de Cima, com a igreja e o coreto onde aos domingos mocinhas dão risinhos passeando de mãos dadas. E mais para cima ainda, o mercado, com o ponto de táxi em frente, e ainda mais para cima, o matadouro. Que é cercado por um campo de capim sempre alto onde há florinhas de vermelho vivo, venenosas, como a anunciar, com antecedência, em respingos, que ali é um matadouro. Seria ali exatamente que bateria a água da represa, segundo os cálculos dos engenheiros. Seria ali, a fronteira de Cundinamarca.

"E mais para baixo o rio, com a estrada de ferro ao lado."

No caminho, gringo explica sobre as árvores, porque esta é uma maneira de explicar por que não tirou a foto que P. pediu, em frente aos correios.

Pois as árvores eram podadas rigidamente, e tinham o caule pintado de branco até quase a metade, uma forma de separá-las com rigor do chão. E é engraçado, não é, que tudo o mais, pessoas, coisas e casas estivessem presas ao chão e sofressem, pelos pés, a invasão, em seus corpos, da cor do chão, tudo menos as árvores que eram, no entanto, as únicas a poder dar continuidade, de forma legítima, ao chão, já que presas nele por raízes. Só as árvores, da cidadezinha inteira, só as árvores pareciam soltas no espaço, davam a impressão de que podiam, só elas, ir embora e voar para longe quando bem entendessem. Mas era como se a liberdade assim concedida pela tinta branca fosse rapidamente tirada, logo mais acima. Porque se as árvores estavam soltas do chão e podiam voar, as copas delas eram podadas, rigidamente podadas. E só agora me ocorre por que nunca pude esquecer das árvores das cidadezinhas.

# 41

Fazem tudo rápido.

Gringo abre a porta e, uma vez lá dentro, vão pegando as coisas como se tivessem ensaiado antes.

A desculpa pela pressa é que a tarde está acabando e como não há mais luz elétrica na cidade, têm de aproveitar o resto da luz do dia.

Vão pegando as coisas e algumas vezes há a voz de P.: e isso aqui? E a resposta é cortante, um veredicto, sim, não, sem discutir, o sofá já na caminhonete, logo o primeiro a sair — o objeto maior.

"Tinha um Chopin."

Era sempre o mesmo, assassinado todos os dias.

"Vinha da escola que havia aqui do lado."

Tudo vazio, ou quase, e gringo aponta para um quadrinho, um dos que ficariam, lixo, e onde está escrito:

Somando dois números iguais, sejam eles pares ou ímpares, dará sempre um número par; somando dois números diferentes obteremos 50% de números pares e 50% de números ímpares; conclusão: há mais números pares do que ímpares.

"Uma das minhas brincadeiras de jovem."

E antes de enfim irem, gringo faz uma coisa que já tinha feito tantas vezes antes, tantas e tantas. Olha tudo, agora mais fácil, menos objetos, olha e olha.

"O que é?"

"Não, nada, estou procurando uma coisa que eu perdi e que eu sei que não está aqui."

Uma dessas coisas que se inventa para depois poder ter com o que se afligir na vida.

# 42

Saem e gringo fecha a porta com chave.

"Tem de fechar?"

"Sei lá."

Mas fecha.

A cena possível:

"Viemos aqui notificar o lacre do número 63, rua Brandy."

"Ah, sim, pois não... Oh, mas é o senhor gringo?! Por que não avisou com antecedência, queríamos fazer uma homenagem."

E a homenagem, em escritório de compensado montado na entrada da cidade deserta, seria o quê?

"Vinho quente em copo de papel, ah, ah."

O engenheiro responsável diria umas poucas palavras, bueno, companheiros, o senhor gringo aqui presente (palmas discretas concorrem com o ventilador, uma secretária atende baixo o telefone, alô, pode ligar mais tarde um pouquinho?).

O senhor gringo aqui presente, primeiro idealizador e grande incentivador do projeto aquático da Eldorado Résort de Ecoturismo Intercontinental.

Mais palmas.

Mas ele não seria capaz de pensar em um résort assim em francês malgré sua mãe. Não, não em francês. Nem no parque aquático. Tinha pensado em lago e não em parque aquático. Nem na pista de aviões de pequeno porte para os executivos, setor de chalés, reserva zoológica com tigre importado da Ásia, reflorestamento de pinheiros europeus, ajardinamento, spa, quadras polivalentes, restaurantes, estradas de acesso. E a cachoeira artificial em uma parte do paredão da represa, cujo projeto e principal finalidade é a geração de energia para uma fábrica de alumínio a vazante, o polo de ecoturismo uma ideia posterior e complementar.

A caminhonete para em frente ao escritório na estrada nova sem asfalto, eles saltam, uma porta de tela contra mosquitos, a mocinha diz pois não.

Um lacre.

Pois não, assine aqui, esta a sua via, obrigada.

# 43

Dentro da caminhonete, objetos que se tornaram desconhecidos e que tornariam um apartamento menos desconhecido graças à presença deles.

(P., de mudança, passa uns dias com gringo, pois seu antigo apartamento já foi entregue e o novo ainda não está pronto.)

E fora da caminhonete, lugares que também se tornaram desconhecidos e gringo para o carro e diz, mas não é possível. E P. tem de dizer, vamos, porque ele fica parado a repetir, mas não é possível.

"Não. Me enganei. Fica depois de mais uma esquina."

Mas não fica, o cenário se mudou, com gradis de ferro e árvore de fruta-pão, quatro esquinas além.

"Mas não é possível."

Ou então a casa com porão, sendo que este porão foi arranjado para virar uma moradia independente, com janela e porta, tudo muito pequeno e espremido entre o chão da casa e a calçada, e essa casa fica em frente ao mercado. A casa está lá, mas sem nenhum indício de algum dia ter tido um porão.

"Mas eu guardei justamente na memória por ter sempre sido o baixinho, tenho certeza."

E indo em frente, gringo coloca e tira coisas da realidade, correções que são necessárias, que temos de fazer, na realidade. Para que se adapte às imagens.

# 44

A delegacia nunca pareceu delegacia, só identificada pela placa azul desbotada — e desbotada desde sempre e não apenas agora que a inundação da represa é iminente. A placa está embaixo de uma árvore copada, enorme, em fila com outras árvores, em rua pequena.

Foi residência de nobres do século passado, pé-direito alto, paredes grossas. Depois fazem um anexo, como um inchado disforme a crescer lentamente em um de seus lados. É por este inchado que supuram policiais, informantes e desesperados — a parte antiga da delegacia sendo vedada ao público. Do outro lado, o pátio das viaturas. E é por lá que gringo se aproxima, há muito tempo, tanto tempo que é como fora do tempo. Aproxima-se devagar, cuidadoso, porque a cabeça ainda está envolta em bandagens e, de qualquer maneira, não quer chamar atenção. Gringo se aproxima devagar e fica contente de não ver ninguém, apenas as viaturas, quebradas, sem rodas, de sempre, por lá. Em uma delas, um policial dorme mas seu pé não dorme e enxota, periodicamente, as galinhas que ciscam no pó. Gringo se aproxima

com cuidado de uma das janelas. As janelas todas elas gradea-
das e, encostados nas grades, copinhos de café, garrafas vazias,
trapos, papéis. E pelas grades se escutam vozes, e gringo fica lá,
do lado de fora, e escuta uma voz de mulher e seu coração bate
forte, mesmo sabendo que não é a voz de Nina, porque Nina,
lhe contaram, já tinha ido embora. Fugiu com um cara, dizem.
Aquela menina é fogo.

Na cidadezinha deserta, a caminhonete alugada passa pela
delegacia mas gringo não para. Depois para, uma gastura, uma
velhice a minar braços, dobras dos joelhos.

"O que houve?"

E gringo, olhando em frente, sempre em frente, porque se
olhar para trás verá delegacia e mais sua vida inteira, então diz:

"Nada."

E fica perplexo porque nota que é de fato nada.

# 45

Ela já deve ter dito isso antes, porque agora fala quase assustada:

"Me solta, professor, você me machuca."

Gringo larga. As pessoas em volta olham de soslaio.

"Você lembra do Tânia Hairdresser, gringo? Que tal uma nova história: P. mata um gringo que se deixa amarrar, idiota, para um jogo erótico na cama. P. o enforca com a sua própria gravata depois de dizer: não tira a gravata, me dá tesão. E quando, depois de terminar, P. fixa um momento os olhos no cu do cara tem um insight, você não gosta da palavra insight? Pois então, um insight: o cu do cara era negro como um poço mas cercado de pelos amarelos, dourados como de ouro e P. descobre que aquele cu profundo cercado de ouro era, meu deus, mas sim, era a lagoa mítica de eldorado do seu povo, e grita, mas sim, o eldorado!, achei o eldorado!, o ouro dos incas está aqui! Mas o homem está mole como um saco de batatas e então P. limpa as impressões digitais com a meia e sai. É madrugada já."

É madrugada já, ele vai andando, dando encontrões em hidrantes, se apoiando nas paredes e gritando, achei, achei o ouro de eldorado, mas os mendigos, chusmas de mendigos, não o entendem e ele continua. Mas está cansado e senta num hidrante e percebe que está com um pé calçado e o outro não e este, descalço, está justamente sobre uma marca de mijo no chão, mas ele não liga porque o mijo faz parte dele, o mijo, o lixo desta e de outras cidades cheias de lixo e ele continua e continua como se continua um exercício, um, um, dois, dois, o começo é sempre ridículo. E vai se ajeitando e se recompondo e ganhando confiança à medida que avança.

"Eldorado Salon, gosto mais."

Está bem.

# 46

Ele não precisa se debruçar no peitoril para saber como são as ruas. Os papéis da cidade, depois de voar a noite inteira, agora adormeceriam nas sarjetas, lixos revirados, raros passantes chutam latas que descem o asfalto plá, plá, plá, uma gargalhada. E os radinhos de pilha dos garagistas e porteiros e mais um ou outro alarme de carro, disparado. Ônibus começam a passar, mulheres andariam em grupos de duas ou três, rindo alto, batendo seus sapatos na calçada e olhando para trás de tempos em tempos. Cachorros vadios aparecem, mendigos começam a dobrar seus jornais e trapos, para andar, andar sem parar, porque ficar parado é ser achacado por outros mendigos, policiais. E aos poucos viria, dos becos, dos buracos, essa vida que é a vida do bairro do centro, a dos que lá moram e dormem, a dos homens de short que compram pão, a dos meninos magros que jogam um futebol de bola de pano no meio da avenida — porque hoje ia ser domingo. Mas se fosse segunda-feira, essa vida pouco duraria, sendo substituída em poucas horas por uma outra, a de homens de terno e gravata. E haveria vitrines brilhantes com seus buldogues armados, e tudo isso manteria oculta a primeira camada.

Porque P. escolheu morar ali, uma zona central, comercial. Não porque fica perto de você, idiota, diz rindo. Mas porque, justamente por ser central, é tão marginal. Vaidoso, P.

No edifício em frente uma mulher lava roupa em um minúsculo quadrado de luz. Às quatro da madrugada, essa mulher lava roupa.

Ia ser domingo, o que se faz em um domingo. Haverá o barulho de um conserto ali na esquina, mesmo domingo, pois é fase de verbas. Quando as verbas acabam, interrompem, e por longos meses ficam os buracos transformados em lagos malcheirosos, e seus operários se sentam agachados na porta dos tabiques de madeira especialmente construídos para eles, não mais operários mas vizinhos, absorvidos pelo bairro. Mas agora não. Daqui a pouco haverá um silvo, a sirene avisando do começo da obra, e operários, ainda sob a luz bruxuleante dos lampiões feitos com querosene e latas vazias, passarão de lá para cá, com pressa, sem se falarem. E eles levarão, na cabeça e caindo por sobre seus ombros nus, sacos de estopa para proteção, como um capuz. E andarão para lá e para cá, um pouco curvados, sem se falarem, monges medievais a construir, não a unicidade espiritual do universo mas a perenidade universal das ações que se repetem. Como dízimas periódicas, obras de rua ou madrugadas.

"Uma vez encontrei no meio da selva um filhote de passarinho, ainda sem pena, e ele tinha uns inchados pelo corpo que pareciam inchado de pena que vai nascer. Mas quando passei a mão, notei que havia inchados não só no pescoço depenado, mas no corpo todo do bicho, na cabeça, embaixo da asa, perto do bico, no bicho todo. Aí eu apertei um dos inchados e saiu então um verme. O verme era roliço, resistente, e tinha uma tira preta no sentido do comprimento. Antes mesmo do bicho morrer, enquanto ele ainda crescia, os vermes já estavam comendo ele inteirinho."

Tem coisas assim. Terminam antes do fim. Coisas, países, pessoas, histórias.

# 47

No quartinho da delegacia, Nina ajeita as pernas em cima da cama estreita, ajeita o cabelo e olha para o cara, nu, na sua frente. Ele mantém os braços cruzados e tenta dizer alguma coisa condizente com a situação, do tipo minha tesudinha. Ou mais fino, você é uma flor linda. Ou talvez o esforço seja não tanto para dizer alguma coisa como para vencer a imobilidade, porque ele entrou, já nu, no quartinho, taram, super-herói de história em quadrinhos e, na sua cabeça, entrando nu e com pau em riste, ele acha que vai assustar a pobre mocinha indefesa, que se encolherá então com um gritinho abafado enquanto ele chega perto e diz, não tenha medo, baby, pegue aqui, gostosinha. Mas ele entrou, taram, e para, vacilando, pois no catre estreito onde só há um pano não muito limpo, a pobre mocinha indefesa já o espera em pelo e agora o olha examinadora e a cada minuto mais irônica porque o pau, antes em riste, despenca.

"Você é uma flor linda", tenta ele.

"Hã, hã."

"Perfeita, perfeita", desespera-se ele.

"Hã, hã."

"Você, hã…", estrebucha, mas Nina atalha:

"É melhor você ir se chegando porque eu não sei quanto tempo a gente vai ter."

O teto do quartinho é alto e vazamentos de várias idades desenharam, solícitos, joguinhos de adivinhação em tons cinza, azul e verde. Ótimo, e Nina concentra-se em um que parece um rosto de velho, de perfil, em linhas soltas e tênues que fazem um contraste engraçado com as linhas definidas das sancas, que representam, estas, rocamboles de padaria. Um velho e dois rocamboles. Só dois. Porque Nina descobre agora que os outros dois rocamboles, nos dois outros cantos, devem enfeitar algum outro quartinho contíguo a este, do outro lado da placa de compensado que se finge de parede de tijolo, pintada do mesmo azul. O mesmo azul da placa lá de fora, desbotado, mas este do quartinho, com o complemento de uns descascados que competem com os vazamentos do teto pela atenção de Nina. O cara já deu início à sua função particular, mas quando incomoda muito, Nina o afasta, impaciente.

Então é isso, o sexo.

# 48

Antes, no salão principal da delegacia, Nina se cansa, logo nos primeiros cinco minutos, dos olhares paternalistas dos homens, dos seus sorrisinhos e da maneira que têm de dizer, agora senta lá e espera, afastando-a enquanto resolvem coisas a respeito dela.

O cara que sua, o olhar em pânico, em cima dela, repetindo tesudinha, tesudinha, em tons cada vez mais agudos, é um deles. Mais jovem do que os outros, a olhou com simpatia e quando Nina se senta no banquinho, afastada do resto, passa a mão no ombro dela, e um pouco abaixo do ombro, e diz:

"Foi um mal-entendido, não foi, princesa? Essa história com o professor?"

E acrescenta, os olhos já fechados pela metade:

"Essas coisas se resolvem melhor devagarzinho."

Na caminha, ele agora se afasta dela e ofegante a olha espantado, sem dizer nada. Nina se levanta, limpa o sangue com cara de nojo usando um pedacinho do pano que já está sujo e, catando suas roupas, segue, nua mesmo, sem demonstrar o menor pudor, porta afora.

O banheiro é antigo e amplo e Nina gosta do banheiro, se permitindo então se sentar, as pernas muito juntas, um frio. Há ainda alguns azulejos azuis, de flores, mais antigos, mas quase toda a parede já estava coberta por remendos de cimento ou azulejos brancos, mais novos. É grande, fresco, a pia larga e há uma banheira muito grande, de pés de metal em formato de patas de animal, e torneiras escuras comidas por um pó verde. Nina experimenta, sim, sai água.

Uns paus torneados, provavelmente de algum móvel que se quebrou, estão jogados dentro da banheira e, em cima deles, algumas pastas de capa empoeirada, cheias de papéis.

Tira. Com alguns dos papéis faz uma bucha para o ralo, deixa a água escorrer, primeiro para limpar a banheira e depois, enchendo-a. Entra. Senta na água e fica olhando a parede. Mas a água está fria apesar do sol que bate na caixa-d'água do teto e então ela sai e fica sentada na borda da banheira, olhando para a água que é chupada, devagarzinho, pelo ralo cuja bucha se desmancha. Olha também para seu próprio corpo, que seca, mantendo aqui e ali riozinhos que ela não sabe mais se são da água da banheira ou de suor.

Quando sai no corredor, o cara está encostado na parede em frente ao banheiro, olhando para a porta do banheiro, Nina passa direto.

# 49

Ao chegar, ela descreve alguns detalhes de sua última aula de matemática e os homens aos poucos param, imóveis. Ela fala e fala mas o barulho da máquina de escrever se interrompeu e ela nota, de repente, o silêncio. Os homens a olham, e ela ainda fala mais coisas, mas o cara para quem ela fala se ajeita na cadeira, quase deitado, balançando nervoso uma caneta na mão, olho no teto, Nina olha o teto, o que será que ele está vendo. E no teto do salão principal há os mesmos joguinhos de adivinhação que ela irá descobrir, momentos depois, no quartinho. Só que no salão, a dividir, com todo o rigor, os desenhos da adivinhação e os rocamboles das sancas, corre um fio preto, duro, severo. O professor faria este fio no papel e diria, do lado de cá os desenhos soltos, sobre os quais você pode imaginar o que quiser. E do lado de lá a representação de um rocambole de padaria, sobre o que você não pode ter nenhuma dúvida.

O fio é o da eletricidade, a fiação sendo externa, com suas fitas gomadas também pretas mas velhas, já desgrudando e Nina — sem nada para fazer e mais nada para falar — pensa que embora esteja bem longe dos fios, se ela os segurasse, ficaria com a mão grudenta, a cola desfeita por causa do calor.

O da caneta enfim diz:

"Bueno, você fica lá naquele banquinho e espera."

E foi no banquinho que o cara mais jovem, o que agora fuma encostado na parede com olhar de espanto, vai falar com ela. Ele primeiro se chega e Nina nota que ele se chega sem notar que ela já sabe que ele ia se chegar. Diz:

"Foi um mal-entendido, não foi, princesa? Essa história com o professor? Ele não soube fazer direito."

E sorri.

Ela volta agora para a sala principal, onde os homens suam, fumam e falam sem parecer notar que Nina se ausentou e que agora volta. O cara também voltou, está atrás de Nina com expressão de espanto — que foi, babaca, não sabia que eu era virgem?

Nina olha para fora. No pátio de cascalho que cheira a mijo umas galinhas ciscam e cacarejam, esvoaçando quando alguém se aproxima. Os papéis em cima das mesas também esvoaçam cada vez que bate neles o vento do ventilador de pé, barulhento e giratório. E por um momento é este todo o movimento, as galinhas lá fora, os papéis dentro, os homens como que parados, uma suspensão de canetas esferográficas sem tinta, palavrões, telefones, suor e irritação.

Voltando do quartinho Nina olha em torno e acha que as coisas estão iguais e então vai para o mesmo banquinho.

# 50

O cara do quartinho sumiu, aliás, alguns dos outros também, o lugar fica cada vez mais escuro, mais vazio, até as galinhas lá fora parecem quietas. Em uma espécie de tablado, ou mezanino, de onde se veem uns móveis quebrados, desce um pó de madeira, muito fino, dos cupins. E na claridade suave e na mão morena dela, o pó, que ela esfrega em sua perna, parece ouro. Ela levanta um pouco mais a saia e esfrega um pouco mais do pó na sua perna, coxa, um dos homens diz, vamos, subitamente apressado.

Passa a noite na casa do padre, onde entra olhando para móveis e coisas, como sempre faz ao entrar em ambientes desconhecidos, analisando automaticamente se se trata de local fácil ou difícil de limpar.

Difícil. Espanta-se com um retrato de mulher na sala. Alguém da família, uma irmã, uma tia, uma mulher santa qualquer, o meio das suas pernas arde. Mais tarde, já deitada no chão, ao lado da cama onde ronca, com mau hálito, a empregada da casa, Nina continua olhando: o armário estreito, as paredes vazias, o tapetinho. Não dorme, e muito, muito mais tarde, quando todos os barulhos já sumiram e até mesmo o ronco ao seu lado também some, por regular e repetitivo, e o cuco da sala também some pelo mesmo motivo, como já sumiu há muito a televisão, que o padre assiste até tarde, vestido com roupas de todo mundo, sentado no sofá, a barba por fazer, bangue-bangue. E então, nesta hora, Nina fala, baixo, deitada na cama, para ela mesma, vou chorar um pouquinho. Pensa que chora porque aquela casa não é a sua e porque só lhe resta ir em frente, embora não saiba que em frente é esse. Mas depois percebe que chora porque o calor das lágrimas e ranho a empapar travesseiro é bom. E se parar, fica frio. Depois dorme, depois delegacia outra vez.

"Olha, vou te livrar desta encrenca."

O homem a ajuda no degrau do ônibus e ela sobe sem olhar para trás. Durante a viagem, longa, o homem escuta um radinho de pilha que tenta, aborrecido, várias vezes, sintonizar e aumentar de volume embora, a cada quilômetro rodado, menos som se ouça. É um jogo de futebol, a equipe nacional contra uma estrangeira e Nina, que não gosta de futebol, desta vez acompanha o jogo, grudando ela também o ouvido no rádio, rosto sério, como o de alguém que sabe do que se trata. No começo se sente ridícula porque quando seus irmãos ouvem jogo ela sempre se retira, entediada, para longe deles, mas depois há um gol e ela grita, gol. Baixo, como convém a uma mulher:

"Gol!", e faz um gesto com os braços semilevantados, as mãos fechadas, o rosto se abrindo num sorriso, o homem sorri, bate em sua perna, companheiro, quase agradecido de ela se mostrar tão igual a ele.

Mas à medida que o ônibus avança, o espaço para trás aumenta e Nina vai se dando conta do que deixa para trás: um jogo. E sabe que vai procurar, até encontrar de novo, a sua vida inteira, um jogo.

# 51

(Depois daquele homem do ônibus, um outro homem me deixou e como vou explicar sobre este outro homem. Ele trepava por trás, com a porta do armário aberta e era desses armários bem comuns, marrom, cuja porta tem espelho. E esse homem não olhava para mim, nem fechava os olhos para olhar só o que se passa dentro da cabeça como tantos homens fazem. Não, ele olhava fixo o espelho, o tempo todo, era como se eu fosse o espelho, e como ele trepava por trás e eu também tinha portanto o espelho pela frente, é por isso que sei que cara ele tinha, porque eu também olhava o espelho. Foi este homem quem me ensinou muito do que sei, como tratar os homens, ele me ensinava sem querer. Não que dissesse, olha vou te ensinar isso ou aquilo, como o professor fazia. Ensinava sem querer, porque às vezes eu o olhava com desprezo e ele ficava alucinado e então eu registrava: este olhar, este gesto, tal coisa, é isto o que funciona.

Ganhei dinheiro. O cara do armário com espelho foi o primeiro desta cidade, houve outros. Na época dele, o apartamento era perto do mar, em uma avenida de movimento, principalmente de caminhões que iam para o cais e então minha vida não era de todo má. Havia sempre o mar e o movimento para ver, da janela, e o cara não era bruto, nem nada disso. Não era mau. Não sei dizer se senti falta dele, depois que ele me deixou. E, ah, sim, esqueci de dizer, voavam aves pernaltas perto da minha janela, muito brancas, calmas, eu gostava muitíssimo disso. Era a primeira vez que via estas aves. Sempre me espantou que fossem tão brancas, ficando em pé, horas, no meio do lixo que emergia das águas pouco profundas, pois o mar, perto do apartamento, tinha uma ilha e nem sei se era ilha mesmo ou só lixo acumulado, os navios passando ao lado. Elas ficavam nesta ilha, e voavam perto da minha janela. Eu ficava na janela o dia inteiro, era um apartamento desses hotéis que têm escrito sobre a porta: familiar. Eu, na janela, com os braços assim, segurando a cabeça, e as aves pernaltas em seu voo silencioso e calmo, muito brancas, contra o preto dos navios ancorados logo ali, um filme.

Até que eu soube, num encontro por acaso:

"Inclusive está por aqui, veio para cá, também."

E então foi uma nova fase para mim. Andava pelas ruas ou ficava na calçada olhando para dentro dos carros que passavam, porque eu achava que ia vê-lo passar. Não precisaria nem falar com ele, só ver a cara dele para ver se, entendendo o que passou, me entendia.

"Vejo ele, noto logo que é um escroto, ou então, que é um cara insignificante e pronto, paro de pensar neste assunto."

E não é que eu gostasse do gringo, que estivesse apaixonada, ou algo assim, mas me lembrava de tudo, tudinho daquela época, os móveis, o cheiro da casa, o jeito de ele rir ou falar, tudinho, até mesmo uma unha meio torta que ele tinha no mindinho eu lembrava e então foi fácil, porque apesar de todos estes anos e as mudanças que as pessoas sofrem, eu inclusive, nossa!, como mudei, digo, fisicamente. Pois então, apesar dessas mudanças, foi fácil. Foi só bater os olhos.

Ele estava de costas, e eu ainda esperei, mais por desencargo de consciência, que ele se virasse, mas antes disso eu já sabia, aquele lá era o professor.

Houve outros homens que eu vi de costas e pensei, é o gringo, e corri para vê-los de frente e não, não eram o gringo. Mas daquela vez eu nem corri, eu sabia.)

# 52

Cenário: um clube. Há o prédio principal, cuja frente dá para uma rua de movimento e há o anexo, um prédio menor e feio, construído de frente para outra rua, quase sem movimento. Entre os dois prédios, a piscina, o bar, as quadras de tênis. O anexo é construído onde era o estacionamento dos fundos, usado só pelos funcionários do clube. O estacionamento, depois disso, fica menor, mas ainda é bem espaçoso, e tem árvores. O anexo é construído para dar privacidade e lazer a um grupo específico de pessoas, políticos, a diretoria mantém laços com a bancada esportista. O anexo tem dois andares. Isto é, as instalações — sauna, sala de ginástica, bar e sala de leitura — ficam no segundo andar, o primeiro sendo apenas uma guarita onde trabalha o guardador do estacionamento e que é também o responsável por só deixar subir, na escada de cimento apertada e mal calculada, as pessoas que podem subir. De noite — o anexo fica aberto 24 horas por dia — há também um segurança, é este o emprego de P.

O movimento noturno é dividido em duas grandes levas, os noctívagos que custam a ir embora, bebericando, fazendo sauna e cochichando na sala de leitura até uma, duas da manhã, e os madrugadores que, mal clareia, chegam para a ginástica e sauna. Gringo é do segundo grupo, chega no clube de manhã, na hora em que P. está largando o serviço. Gringo prefere fazer sua ginástica matinal no salão do prédio principal. Faz junto com P., que se exercita antes de ir embora, depois de seu trabalho noturno, como uma maneira de descarregar a adrenalina.

O prédio principal tem o xadrez no quinto andar, biblioteca, salão de banquete, auditório, administração e, no sexto, uma jogatina mais ou menos clandestina — o jogo sendo proibido, como se sabe, em todo o território nacional. Mas no sexto joga-se de tudo, de carteado a roleta, sendo que a roleta é importada e de ótima qualidade, famosa. Por causa do jogo, a escada de acesso ao sexto andar é bloqueada por uma grade de ferro e o elevador só para lá se o ascensorista conhecer a pessoa. O sexto andar é o responsável pelo maior movimento, e renda, do clube.

Entre anexo e prédio principal há um amplo espaço aberto com a piscina. Este espaço cheira à gordura usada nos sanduíches da lanchonete — onde ficam mães e babás enquanto as crianças nadam. Na parede de trás da lanchonete há um aquário embutido e os peixes nadam, como as crianças, também muito devagar, o que, juntando com o cheiro da gordura, dá a impressão de que todos nadam em gordura, mais densa do que água, e que é por isso que nadam tão devagar.

Não só eles. Durante o dia, esta parte do clube, que é a mais visível e a maior, anda toda ela muito devagar. O clube é cercado por muros altos com cacos de vidro, pregos e arames eletrificados. Esta proteção impede a entrada do mundo e de seus ruídos, e lá dentro tudo anda devagar. As mães, sempre sozinhas, já que seus filhos somem dentro da água assim que passam pela catraca da entrada, se locomovem quase sem se mexer até as mesas onde ficam paradas, gordas. O sol bate muito forte no cimento, nas arvoretas. E sempre que gringo atravessa esta parte do clube, ele anda muito devagar e não olha em torno, porque se olhar verá uma cidadezinha dessas do interior, o mingau de uma dessas cidades pequenas que todos temos, sob o sol.

# 53

Evelyn fica doente e no hospital dá para não falar coisa com coisa. Nos corredores, os velhos duros e secos dizem, wird sterben, para que gringo não entenda, e então quem morre é Oscar, seu marido. Do coração. Evelyn recupera-se e volta ao sofá agora com mais um passatempo: além da patience, ela se dedica à história de amor que fabrica para um casal inventado, ela mesma e Oscar. A história é montada a partir do fim: Oscar morre porque a ama tanto que não admite a possibilidade de ter de viver sem ela, caso ela morra. Fim. E, a partir daí, com a ajuda de retratos, papéis que se desmancham de tão velhos e novelas de televisão, Evelyn tece:

"Ele me amava muito, lá do jeito dele", e uma lágrima, uma só, desce, aos tropeções, pelas rugas da cara, indo ao encontro das baforadas do cigarro.

Os outros velhos dizem scheisse, não comeces, e ande com isso, é tua vez de jogar. E o carteado continua, nas noites de quarta-feira, com os velhos duros e secos de iguais olhos azuis e erres que repetem sempre o mesmo humor ácido. Até que morrem e não há quem os substitua, as rodinhas de carteado diminuindo, diminuindo, a cada férias do internato quando gringo volta para casa. Cada vez menos velhos, e ele finge estudar xadrez, um livro aberto na frente.

Ele é muito inteligente.

Shh, joga, é tua vez.

O departamento de xadrez do clube é, por assim dizer, dois, com uma linha invisível mas nunca transposta a separar a mesa dos jovens, muito barulhentos, da mesa dos, como os primeiros diziam, coroas. Gringo chega, pega o seu tabuleiro, retira imediatamente um dos cavalos brancos, arma um jogo e fica, olhando o tabuleiro, a descobrir variantes, soluções ainda inéditas. É voz corrente no departamento que ele é um mestre e que faz partidas inteiras de cabeça, sem precisar sequer mexer nas peças ou ter um oponente de carne e osso. Há jogos assim, que se fazem a sós.

# 54

Uma sugestão de roteiro:

A menina chega de ônibus na cidade, em companhia de um cara. Ele não é ruim para ela. É casado, mora na zona norte e coloca a menina para trabalhar na casa da mãe dele. Pela cara da mãe do cara, a menina percebe que não é a primeira vez que ele faz isso. Ela fica, até mesmo porque não tem para onde ir. Ela tem de ajudar a mãe do cara nos serviços da casa e ele, sempre tarde da noite, às vezes aparece. Às vezes traz um presente. Ela conhece outro cara, a mãe do primeiro cara dedura ela para o filho e ela é expulsa da casa. O segundo cara coloca ela então em um hotel perto do cais do porto e diz para ela se virar. E apresenta uma amiga dele, vai te ensinar manicura e outras coisinhas, diz ele, você ainda vai me agradecer muito. Mas a menina é bonita e novinha e logo logo dispensa os ensinamentos da amiga do segundo cara e traça seu próprio caminho.

Ela começa a ganhar uma certa grana. Mas ela é, como dizer, atraente e intimidadora ao mesmo tempo. Usa na bolsa um punhalzinho feito com uma peça de xadrez. E ela quer, também, mais dinheiro. Por causa disso tudo e porque ele já está por ali tempo demais, o cara resolve sumir. Vai sumindo, rareando, até que some de vez. Ela aparece um dia no trabalho dele. Vai com a roupa que vem usando nos últimos tempos, uma roupa muito discreta, quase suburbana, a saia batendo no joelho. Diz que é a irmã dele, sobe, e quando o cara levanta a cara, dá de cara com ela na frente da mesa dele, oi.

Ela diz que pensou muito e resolveu voltar para a terra natal dela e que sente muito porque sabe o quanto ele gosta dela, mas que resolveu, está resolvido. E que para isso precisa de dinheiro.

E aí começa a descer a alça do vestido e já está com um seio de fora e o cara diz: vou te dar um cheque.

Cheque não. A não ser que você vá comigo ao banco.

E ciciando:

"Sabe, eu não estou acostumada com esse negócio de banco."

Ele diz que vai.

Ela continua com um seio de fora. O departamento inteiro está parado, olhando estatelado. Ele percebe que uma das secretárias já se levantou para chamar o chefe. Ele mesmo põe o seio dela para dentro, ela ri, hi, hi, e depois dá um gemido, ahn, e implora humilde:

"Aperta devagarzinho que é para não doer muito", o que normalmente faria com que ele apertasse mais e mais, forte, os dois dedos no bico, até escutar mais gemidos, ahhh, mas ele pega, rápido, o braço dela, saem os dois ao mesmo tempo que o chefe abre a porta, as sobrancelhas franzidas, olhando em torno mas não há mais nada para olhar, puff.

# 55

Pela mesma via pela qual soube da festa manda dizer que talvez vá. Se os negócios permitirem. E para justificar, comenta: ah, o casamento de fulaninho... mas gosto tanto do fulaninho, vou fazer tudo para ir!

Uma invenção sendo tão boa quanto qualquer outra.

Ela arruma suas coisas para a viagem, e compra algumas joias especialmente para a ocasião. Quer se ver, na cara de quem ficou, e se ver do jeito melhor: bonita, rica e feliz.

Hospeda-se no Hotel Metrópole, para onde vai de táxi desde a rodoviária. No táxi ela fala com pronúncia estrangeira. Está de óculos escuros e fala com segurança que ele deve seguir pela Coronel Santiago Vergueiro, virar na Major Ordás. O motorista pergunta se ela já conhece a cidade, ela diz que sim, que seus negócios às vezes a obrigam a ir até lá. Ele não fala mais nada e ela fica olhando pela janela, procurando a cidade que conhece no meio de outra, que não conhece. De repente tem a sensação de que o motorista está dando voltas inúteis para aumentar o preço da corrida, ela não sabe mais onde está, tem um momento de pânico, mas o táxi já chega ao hotel. Ela salta, coração aos pulos, e quando der seu nome na portaria? Chamariam a polícia, algemas, foi ela, lembram?, foi ela, que quebrou a cabeça do professor com um tabuleiro de xadrez.

Ela dá o nome na portaria, o rapazinho cheio de espinhas entrega a chave e diz, é no primeiro andar. Ela reclama, a voz alta. Primeiro?! Mas não é muito barulhento?!

É o único que temos.

Ela então suspira um suspiro teatral.

O quarto é igual a qualquer outro quarto de qualquer hotel metrópole e lá dentro Nina encontra, como já espera, um armário marrom com espelho na porta. Ela senta na ponta da cama e olha em torno, e passa o dedo na mesinha de cabeceira, no abajur, na borda da cama, se tinha pó. E começa a se arrumar, então, para a festa.

Nina se arruma bem. Ela trouxe um vestido vistoso sem exageros, coloca as joias, perfuma-se, já está de meias, põe o sapato. Ainda é cedo, fica na ponta da cama, pronta, olhando o espelho do armário, ainda é cedo, ainda tem mais coisa pela frente, tem de ter. Mas ela se cansa de ficar lá, está calor no quarto, e ela desce, imponente, passando pela portaria sem olhar para o lado, para o rapazinho espinhento que a observa, para o hóspede que vê televisão e dormita no sofá, e segue até a rua. Na rua sente-se um pouco perdida, olha para um lado, para o outro e fica aliviada de já estar escuro. Fica ouvindo os passos dos que passam por ela, sentindo os olhares, depois de um tempo volta para a portaria.

"Será que não passa táxi por aqui?", e o aqui sai com voz de nojo, de quem diz, será que não passa táxi por esta merda de lugar?

E acrescenta, precisando de repente se justificar:

"Estou com muita pressa."

Arranjam o táxi. Salão Assírio, por favor.

Nina chega ao Salão Assírio, é aqui a festa de casamento? É sim senhora mas ainda não chegou ninguém. Não tem importância, eu espero.

E senta-se no sofá que fica bem em frente à porta principal. Às suas costas uma orquestra se afina. A mocinha da portaria está falando alto e rindo com um rapaz de uniforme, ela telefonou procê? pois foi, e aí o que ela disse?

Falta de classe.

Nina abre a bolsa, pega o papel onde tomou nota do endereço do Salão Assírio, uma caneta, e começa a escrever furiosamente, qualquer coisa, rabiscos, fios de fuga possíveis, e de vez em quando levanta a cabeça, como quem precisa pensar no que está escrevendo, algo muito importante, não estão vendo? Nina jamais tinha estado no Salão Assírio.

# 56

Nina reconhece aqui um ombro sempre levantado, de corvo, ali uma voz para a qual ela não levanta os olhos e fica só escutando, aquela voz, que ela não sabe mais de quem é, mas que é deliciosa, ah, as vozes conhecidas. E às vezes ela encara desconhecidos que a encaram de volta, e aí chega tia Conchita. E tia Conchita está com a carapinha toda branca, o que faz sua pele ficar mais escura do que já é e Nina só reconhece tia Conchita por causa da aleta do nariz. Tia Conchita tem a aleta do nariz levantada.

Coisa de negro, dizia a mãe de Nina.

Porque tia Conchita é mulata, neta dos quilombolas. Mas casada e feliz com o irmão da mãe de Nina que, esse sim, é homem de verdade, com um emprego decente e não com as porcarias que o pai de Nina chama de trabalho. Mas pai e mãe não estão mais na cidade, dos primeiros a serem transferidos para a nova vila rural, a 300 km de distância. Nina olha para a aleta como quem chama mamãe. A aleta se imobiliza e logo vem a voz quente, mas não é possível! Ninita!

E aí começa. Nina faz sorrisos encantadores e educados, balança os ouros, pergunta por nomes de que ainda se lembra, escuta exclamações de admiração, é para isso que veio. Todos fazem juras de não mais se separarem, e todos se esforçam para não fazer nenhum comentário que possa lembrar, mesmo de longe, a maneira como Nina deixou a cidade, e para isso a música ajuda, enchendo aqui e ali, um vazio de vozes, um branco que às vezes dá na cabeça.

# 57

Todos aplaudem e fazem eeehhhh e Nina fica com a impressão de que o tio fala o que fala — vamos dançar e beber porque não precisamos ter vergonha de estarmos felizes — por causa dela. Aceita dançar com um dos primos. Come em pratinho de papel, em pé mesmo, já que não quer se sentar em mesa alguma. Fala de seus negócios, ramo de cosméticos, material de manicures, sabe? E sublinha, várias vezes, que só pôde vir ao casamento porque já estava pela região, a negócios, então veio, rever as pessoas, sabe? E que ela está pretendendo seguir viagem aquela noite mesmo, é só um abracinho, gente.

Agora todos brindam aos noivos, à represa, ao futuro e ao progresso. E na hora em que todos se aproximam, vorazes, da mesa de doces, tia Conchita se aproxima, voraz, dela. Primeiro fala da perna do pai, do peito da mãe, por isso não vieram, e que a terra do novo lugar não é tão boa quanto a que eles foram obrigados a vender para a empreiteira.

Sentem falta de você.

Nina baixa os olhos, achando que faz apenas uma mímica,

mas sem ter certeza. Conchita agora fala dela mesma, dos outros sobrinhos e depois de um tempo afinal pergunta, e aquele cara, você voltou a vê-lo?

"Quem?"

Conchita nem se dá ao trabalho de responder.

"O professor?"

"É."

"Nunca mais vi, dizem que mora por lá, mas nunca o vi."

E Nina enfileira considerações, o tamanho da cidade, e continuaria, assuntos inesgotáveis, mas tia Conchita não lhe dá tempo.

"Ele deixou nos correios um endereço para o caso de ainda chegar alguma correspondência para cá."

Conchita, aposentada dos correios, ainda costuma, como explica, passar de tardinha por lá para rever as amigas e filar o café.

"O endereço é de um clube, aos cuidados de."

De volta ao Metrópole, os pés, eles pelo menos, existentes, Nina deita-se na cama com a roupa da festa mesmo. Fica lá, esperando que os barulhos sumam mas não somem e ela percebe que nunca mais na vida irá conseguir dormir em uma cidade pequena. Que se ficar lá uma semana será uma semana com olhos abertos, atenta para que o marrom do chão não suba por suas pernas e a imobilize, outra vez, mingau paralisante.

E percebe que é para isso que voltou, para ter certeza de que partiu.

De manhã cedo vai embora. No táxi, o motorista tenta espichar o papo, a senhora está com pressa?

Ela diz sim.

# 58

Nos primeiros dias, Nina vai no endereço do clube, e fica de pé, encostada em algum canto, só olhando. Mais um tempo e pergunta para o porteiro, por favor onde enche ficha de emprego. Ele indica a portaria dos fundos, onde ela fica mais vários dias, parada, só olhando, e aí vê.

Foi só bater os olhos.

Houve muitas vezes em que Nina olhou e disse, é ele, e correu para ver de perto, mas desta vez foi só bater os olhos no grupo, um rapaz mais novo, dois homens maduros, era ele. Iam, de costas para ela, em direção a um dos carros, um deles entrou, gringo e o rapaz ficaram de pé, o do carro partiu, gringo e o rapaz ficaram conversando baixo, algo entre eles. Nina notou. Talvez só um jeito de falar baixo, talvez algum movimento de corpo. Nina notou.

Nina vai embora neste dia. E depois volta, e volta. Até que entra e pede ao guarda licença para subir a escadinha, ele diz não. Ela insiste. O rapaz, o mesmo, está chegando.

Ela diz oi. Ele diz oi, muito prazer, Próspero, pode me chamar de P.

Me mostra o clube.

Meia hora depois, Nina escorrega, mole, sem dizer nada, para o corredor por onde, segundo P., se vai para o departamento de xadrez.

"Aceita um refrigerante?"

No banquinho alto do bar, chupando um canudo, Nina olha em direção ao corredor e P. fala, para quebrar o silêncio:

"Bem, então é isso", querendo dizer, bem, é este o clube. Porque Nina, no estacionamento, diz ser manicura e se pode entrar no clube para oferecer seus serviços aos sócios. P. responde que no clube já há um salão de beleza e Nina diz:

"Mas eu trabalho só com homens."

E P., rindo malicioso e divertido, diz:

"Neste clube não oferecemos este tipo de serviço."

Que pena, é um bom serviço, este. Mas me mostre o clube mesmo assim.

# 59

Naquele dia, Nina e P. atravessam a região da piscina em silêncio, levam um tempo enorme atravessando a região da piscina, o tempo parado, o espaço redondo, cada passo dado para trás tornando a aparecer na frente, mulheres gordas em cadeiras cujos pés são muito finos, pintadinhos, tão finos e pintadinhos que não parecem estar apoiados no chão. Então, as mulheres gordas, de maiôs apertados, ramalhetes de carne apertados em papel de presente, elas parecem estar no ar, a alguns centímetros do chão, envoltas no cheiro da gordura. E, dentro da água, vultos nadam devagar até uma das pontas da piscina, e depois, de volta, até a outra ponta, e mais uma vez, redondos.

O ar-condicionado do primeiro andar é um alívio, sala de estar, jornais do dia. Neste aqui o restaurante e salão de banquetes, mas só abre em fim de semana. Terceiro andar, biblioteca, quarto, departamento feminino, cabeleireiro, salão de aeróbica, sala de televisão. Quinto, o xadrez, Nina atalha, rápida, me leva ao sexto. Uma vertigem, não o fim, não ainda.

P. para, desconfiado.

"Sexto?"

"É, sexto, o que tem no sexto?"

P. pensa antes de responder, no sexto garçons uniformizados entram e saem das salas sempre de portas fechadas, entram e saem em silêncio, os sapatos de sola de borracha. Levam carrinhos com doces, empadinhas, bandejas de refrigerantes, os copos já com gelo, bebe-se pouca bebida alcoólica no sexto andar, o lucro é outro. De tarde, o sexto andar é de mulheres, senhoras casadas, medíocres donas de casa que, à tarde, se transformam em seres viris no sexto andar, dispostas a tudo na competição de quem vai ganhar mais, revelando-se a si mesmas na ausência de seus homens, ousando caras e gestos, descobrindo determinações. Quem vai ganhar, quem vai levar os dolarcitos, dos quais não precisam, as bolsas com perfumes franceses, os sapatos de couro fino, salto de meia altura. No fim da tarde chegam os homens, alguns ainda de terno mas a maioria de sapato de lona, banho tomado. Ficam fazendo hora no sofá da entrada, aguardando a chegada de um número suficiente de parceiros porque eles não jogam com as mulheres e dizem rindo, prefiro la muerte, o sexto?

"É, sexto, o que tem no sexto?"

Nina parece inofensiva, a porta do elevador se abre, passa um dos garçons, impecável, abre a porta do salão e a fecha atrás de si. P. se senta no sofá enquanto fala, aqui as pessoas às vezes armam um joguinho, um bridge, uma biribinha a leite de pato, você sabe como é. Mas mulheres passam carregando no colo, como gatos, suas pilhas de fichas. Como gatos, as fichas são carregadas com cuidado, qualquer movimento brusco e cairiam ao chão em miados estapafúrdios. Elas abrem a porta e não se ouve nada de lá de dentro, só uma risada tensa, curta e mais curta ainda por ter sido interrompida pela porta que torna a se fechar, rápida.

Me leva de volta ao quinto.

"Foi assim, gringo."

Ela me disse: sabes, Tânia, me deu um cansaço. Percebi que conhecia muito aquele cara, que conhecia ele criança, que conhecia a criança que havia dentro dele, de antes, de muito antes das aulas de matemática, de tudo. Tânia, conheço ele muito, ela disse. Conheço ele junto com a mãe dele, conheci Evelyn e Evelyn não era fácil.

Gringo parece morto, no sofá.

"As pessoas que você conhece bem, você gosta. E era esse, o cansaço dela. Ela disse: eu olhei para ele, olhei bem para ele, eu o conhecia, sabia tudo, tudinho, do que ele fazia e fez, e por quê. Eu entendia ele, eu o via com Evelyn, o começo dele. Eu conhecia muito bem esse cara. E eu, de repente, percebi que não gostava dele. Fiquei muito velha, me disse ela."

Só o ar, que entrava e depois saía.

"É isso, gringo, é essa a história."

# 60

Na forma de atravessar a rua, muito cedo, Tânia já podia sacar o jeito dela, porque atravessava assim, com mau humor, o cigarro aceso, e os olhos pisados, de sono, sem ver se vinha carro, atravessava e pronto, e se viesse carro que parasse, porque a rua não é de muito movimento e quem vem, vem devagar, procurando vaga para deixar o carro e não com pressa de chegar a algum lugar.

Encostava no balcão, fazia uma cara para o rapaz e mugia uma espécie de cumprimento. E ele já trazia a média e o pão com margarina, a média coada.

Dava então uma última baforada no cigarro e ficava lá, virada para a rua, olhando o nada, enquanto esperava a média esfriar.

Tomava, e comia o pão, bem devagar, e só acendia um segundo cigarro quando acabava.

Mas nesta hora a cara mudava um pouco e dava para perceber que a primeira cara, a do mau humor, era assim para que outros vissem, para plateia, e a plateia era o rapaz do balcão, um que outro freguês.

Isso de vir tomar café da manhã em bar, no caso dela pelo menos, tinha essa conotação, porque afinal não é difícil ter bule de café e pão dormido em casa, mas ela fazia questão. Fazia questão e, na cabeça dela, era o que a diferenciava de suas vizinhas gordas e com filhos e maridos, e que moravam no mesmo edifício. E quanto pior a cara, mais cedo a hora e mais muda a comunicação, melhor.

Por muitos meses, então. Até que apareceu uma segunda moça, e a segunda moça era muito diferente dela, não no físico, onde pelo contrário, eram até parecidas, mas no jeito. Elas eram, as duas, de um tipo bem comum da terra, morenas, nem magras nem gordas, nem altas nem baixas, e bundudas de peito pequeno, a recém-chegada muito, mas muito mais bonita.

Mas o jeito era diferente, a maneira de vestir, porque se a primeira se vestia com roupas justas, e punha pulseiras e cintos e coisas assim de uma moda que já tinha deixado de ser moda, a segunda vestia-se com roupas que nunca tinham sido da moda, quase sempre de saia e saia batendo no joelho. E sem decotes, mesmo no calor mais bravo, as blusas eram em volta do pescoço, mangas curtas. Às vezes uma alcinha, infantil, por cima de camiseta. O nome Nina podia ser um diminutivo de infância, um apelido, como saber.

Muito prazer, Nina, meu nome é Tânia.

# 61

Nina, de costas para a rua, é perfeitamente visível da rua, Tânia a vê e perde um pouco o ritmo. A outra não se enquadra de jeito nenhum no cenário do seu show. De qualquer maneira entra, faz a cara de sempre, hu, hu, para o rapaz do balcão. Depois, esborrachada no banquinho, o nariz expele a fumaça do cigarro barato, o segundo. No banco ao lado se esborracha, ao mesmo tempo, sua saca de trabalho. Há dias em que diz, me dá aí mais um maço, e o rapaz é obrigado a se lembrar a marca, porque é isso que ela espera, que ele se lembre. Neste dia Tânia ainda tem cigarro, mas porque perdeu um pouco o fio das coisas, diz:

"Me dá aí mais um maço."

E acrescenta, ridícula:

"Ainda tem, mas vou para um lugar onde não vai dar para comprar."

E depois passa bons minutos tentando se recuperar da humilhação de ter dado uma explicação que ninguém pediu.

E tudo seria apenas um episódio de um dia se no dia seguinte a mesma moça não estivesse outra vez no mesmo banquinho, pernas fechadas, e no outro, e no fim de alguns dias há um leve balançar de cabeça que equivale a um cumprimento. E mais uns dias vem a primeira palavra, porque Tânia diz — baixo, para que suas palavras não sejam tomadas como reclamação para o rapaz e sim pelo que são de fato, uma aproximação:

"Impressionante como essa margarina consegue ficar a cada dia mais rançosa."

E depois, para suavizar a entrada, completa, desta vez alto, para o rapaz:

"Ô cara, quando é que vocês vão arranjar uma margarina nova, hein?"

O rapaz responde qualquer coisa mas Tânia já se vira para sua vizinha de balcão, vizinha é modo de dizer, há três bancos vagos entre as duas:

"Se eu tivesse margarina em casa, trazia, aliás, trazia a margarina, o pão e o café."

A outra sorri, olhos no prato. Tânia sorri, olhos nela, a vida pode ser boa.

# 62

Tânia vende joias de porta em porta, Nina não faz nada. Uma veio do Norte, a outra do Centro-Oeste, uma com muitos homens, Tânia com muito poucos.

"Os caras acabam me pagando bem porque ficam constrangidos de serem apanhados com a ideia de que vão trepar de graça, então fazem questão de mostrar que têm dinheiro para pagar, o dinheiro aí quase um segundo pau."

"Eu cobro nem tanto porque precise do dinheiro se bem que dinheiro é dinheiro, sempre bom, mas porque se não cobro o cara pode pensar que eu estou amarradinha, gostando, e, minha amiga, não é nada disso."

Dão mais uma mexida na média coada, outras declarações, um dia passa o carro da polícia, Tânia faz um aceno, cochicha.

"Não gosto, não, já tive problema, mas se você lida com joias, tem de ter costas quentes, senão dança."

Porque Nina, quando Tânia acena para a rua, gira no banco para ver quem a outra cumprimenta e ela só faria isso se já tivesse intimidade. E aí brinca:

"Polícia, é?"

"Ossos do ofício."

E depois, em um outro dia:

"O que você vai fazer hoje?"

Um dar de ombros.

"Então você vem comigo, vou te botar para trabalhar."

Saem juntas e, depois de mais um tempo, passam a chegar juntas.

Foi depois de uma discussão. Como sempre, Nina já lá quando Tânia chega e senta, agora não há mais bancos vagos de intervalo. Tânia, nervosa, bate o cigarro na borda do balcão para que cinzas inexistentes caiam.

"Porra, Nina, isso é o fim."

E continua, indiferente se outros também escutam:

"Como é que você ainda tem a chave do apartamento desse cara. Não está tudo acabado? Você não disse que estava tudo acabado?"

Nina fica quieta e, de repente, levanta-se do banquinho, pega o chaveiro que deixou em cima do balcão, junto com o dinheiro no clipe, e as pessoas acham que ela está indo embora, que nunca mais volta, mas abre o chaveiro, tira uma das chaves e a joga, com força, na rua, a chave caindo no meio de outros pontos brilhantes presos no asfalto, outras chaves, moedinhas que perdem valor a cada ano, tampas de garrafa, tudo semiafundado no asfalto porque nos dias quentes não são só as coisas de metal que afundam, é tudo, o pé das pessoas, a vontade delas, em uma areia movediça, um pântano opaco que inclui até o ar, Nina fica vendo a chave no meio da rua por uns instantes. Depois vira-se, senta no banquinho e continua, sem dizer nada, a tomar seu café enquanto o resto todo afunda, às vezes pode ser bom.

# 63

Aparece um cara, Tânia acha que não é o caso de ir cortando logo o assunto. Uma noite, quando está no apartamento dele, Nina telefona, o cara atende, passa o telefone para Tânia, é para você. Nina diz que só quer dizer que está se sentindo sozinha, só isso. Então Tânia levanta, se veste e fala para o cara que a olha sem entender:

"Preciso ir."

Acaba de se vestir, deixa o cara pelado na cama, pega suas coisas, ciao, sai. E quando chega, Nina parece aguardar, saber que vinha, embora não tivesse pedido isso explicitamente. Nina está sentada na borda do sofá-cama, vestida com uma camiseta emprestada de Tânia, porque ela tem esse hábito, com poucas roupas e nenhuma camisola, dorme com camisetas velhas de Tânia e Tânia gosta de vê-la com suas camisetas cheias de furos, andando descalça pela casa.

Muitas horas mais tarde, Tânia, sentada na parte que lhe cabe do sofá-cama, ainda fica lá, e por muitas horas mais, até clarear, faz carinhos na moça, que acaba dormindo.

Nina tinha pedido uma gaveta, um lado do armário e até a geladeira tem, mais ou menos, uma prateleira que é mais de Tânia e outra que é mais de Nina. E de noite, depois do jantar, hora terrível quando todo assunto acaba e ver televisão deprime, Tânia inventa um programa. Ela consegue descobrir como entrar no teto do edifício, desparafusando com uma chave de fenda — um dos poucos novos objetos da casa — o cadeado que tranca a portinha do fim da escada.

Fazem mímica de psiu, passos de gatuno, risinhos, enquanto passam pelo longo corredor cheio de portas, sons e cheiros, famílias e horrores de vomitar, e vão, cadeiras de praia embaixo do braço, um cigarrinho feito no capricho, um queijo especial, cerveja, pedaços de bolo, vão para o teto do edifício, onde entre antenas de televisão e ressaltos de barbará, sentam e olham, mais do que as luzes da cidade, o grande buraco negro que, elas acham, é o mar.

E é por causa de tudo isso então, e porque todo dia de manhã, antes de descerem para o café, as duas já prontas e vestidas, banho tomado, abrem as bolsas e juntam o dinheiro que cada uma tem e tornam a dividir, esse tanto para mim, esse tanto para você, um pouco mais para mim, porque na volta vou comprar aquele negócio. Ou, você tem de levar mais hoje, a condução para lá é cara. E essa divisão de dinheiro é feita no mesmo tom baixo, as vozes baixas e secas, como um veredicto, sem que se discutam razões nem haja brechas para sentimentalismos. O mesmo tom de voz com que, de noite, no teto ou já no escuro do apartamento, esmiúçam em detalhes o dia, o que disseram, o que aconteceu, e o que cada uma destas palavras e gestos quer dizer, porque tudo tem, sempre, um significado que só existe se descoberto em conjunto.

É então por causa disso tudo, do jeito como são, e pelo que já aconteceu entre elas que quando Nina se vira para Tânia e diz, preciso de um favor seu, Tânia nem se mexe. Hu, hu, e nem levanta os olhos. Favor?, claro, o quê?

O favor é ir a uma festa.

"Você vai por mim na festa que P. vai dar no apartamento novo dele, e distrai por mim um cara."

Que cara?

Gringo.

# 64

(Se Nina era a pessoa dos meus sonhos? Não. Estou bem longe de ser uma idiota romântica mas sempre quis ter, em toda a minha vida, alguém que gostasse de mim perdidamente. Eu tenho esse sonho, que chamo de sonho em falta de outra palavra melhor. As cenas mudam, mudo o enredo, cenário, personagens, mas a situação é sempre basicamente a mesma, e se você for ver, o resto também.

Não quero contar, há coisas que não se contam. Mas só assim, por alto, são cenas em que alguém me ama perdidamente. Bueno, é só isso. Se Nina era essa pessoa? Não. Nunca encontrei alguém que fosse e muito menos ela. Mas sim, Nina foi uma das pessoas que eu gostaria que fosse a pessoa que me amaria perdidamente.

Quando ela me falou: que pessoa?, o gringo, senti algo murchar dentro de mim, era o sonho. Porque sou assim, espero, espero, quero, quero, até que acho que de fato não vou conseguir, e aí me dá uma gastura por dentro, fico me sentindo velha, muito velha. E desisto. É mais do que desistir. Eu olho para a pessoa, a que *eu tanto tinha querido, e não vejo mais nada. Uma vulgaridade, uma não diferença, a pessoa apenas mais uma pessoa, não identificável, às vezes reparo em uma boca muito fina que não estava lá antes, uma papada.*

*Quando perguntei, que cara? e ela disse, o gringo, a voz dela ficou um pouco mais fina, infantilizada. Senti desprezo por esta voz que afinava. Fiquei olhando Nina. Ela estava achando que eu estava olhando porque tinha levado um choque. Eu tinha levado um choque. Mas o choque era o de ter tido a impressão de que nunca a tinha visto antes.)*

# 65

Tânia sabia tudo sobre gringo, as aulas de matemática, a aparência física, Evelyn. Só não sabia que gringo existia no presente.

"Gringo?"

"É. Não comentei com você, vi-o por acaso no outro dia."

E uma explicação: não, gringo não a tinha visto e, olhe só que coincidência, gringo e P. se conhecem!

E Nina continuou, como se nada tivesse muita importância.

"Pois então preciso desse favor, você vai na festa e fica distraindo gringo, para que ele não saia da festa à procura de P."

O plano completo, redondo.

"De repente você trepa com ele."

Tânia olhou para ela, cansada, um enorme cansaço, mas respondeu, a frase pronta.

"Claro".

"Que bom, preciso mesmo desse favor, você vai na festa e distrai gringo, ele não pode sair de lá."

Tânia pensou em perguntar por quê mas ao olhar Nina viu que era o que ela estava esperando, então não perguntou.

E Nina continuou: ia sair no começo da noite.

"Você me espera, se eu não voltar em duas horas, você se veste, vai à festa, fica lá o máximo de tempo que der, até na manhã seguinte seria o ideal. E vem para casa. Estarei aqui te esperando, desceremos para tomar café como sempre", e fez um carinho furtivo.

Nina fez um carinho furtivo, envergonhado, no ombro de Tânia e Tânia tirou o ombro, vamos parar com isso, é o fim, e daí que seja o fim. Mas Nina continuou:

"Será que você reconhece o cara."

"Reconheço."

E sim, reconheceria, porque no teto do edifício gringo aparecia sempre tão nítido, o corpo ágil e pequeno, seco, quase sem pelos nos braços e pernas, mas a voz grossa. E perigoso como um gato.

E Tânia, ele gosta de se vestir bem.

E as mãos dele, Tânia, são grandes, a pele muito suave, de quem nunca fez trabalho duro na vida, e os dedos são fortes e prepotentes, mandões, Tânia interrompeu, eu reconheço, porra, não se preocupe.

E, desculpe-me, gringo, mas achei naquela hora que não tinha como me enganar, que não haveria, como não há, muitos homens de terno impecável em festa de rock gay. Cada um faz seu próprio personagem, eu conhecia o seu.

# 66

Tânia se veste sozinha no apartamento, e porque quer algo de novo, inventa de se vestir com a roupa que Nina abandonou no armário. Escolhe um de seus inacreditáveis vestidos de alcinha, uma blusa larga por baixo. E olhando no espelho fica com a impressão de que de fato é Nina ou poderia ser. Senta-se então, toda pronta, no sofá-cama, e fica esperando que a outra volte, talvez volte. Espera e vê televisão sem som, hábito adquirido com Nina que um dia disse:

"Conheci uma pessoa, vou te contar aos poucos tudo sobre ela, mas essa pessoa ficava vendo televisão sem som, seu nome era Evelyn."

Nas mãos, Tânia segura uma bolsinha vazia, porque em festa e em festa onde resolve se fantasiar de Nina, não fica bem ir de mãos abanando, apenas o bolo de dinheiro no bolso, a chave. Pois se vai fantasiada de Nina, Nina, quando vai a festas ou a encontros com homens, leva uma bolsinha, e um dia Tânia perguntou:

"O que você leva na bolsinha?"

E ela, calada, virou a bolsinha em cima da mesa e mostrou. O dinheiro. A chave. E um cavalinho, desses de xadrez, em marfim branco que, ao se apertar uma de suas orelhas, fazia saltar, traiçoeiro, a lâmina fina e cortante de um pequeno punhal.

"Me protege dos espíritos maus e dos homens bons", diz ela. Gringo ri.

"É esse cavalinho aqui. Nina pediu que eu te entregasse. Tome. Enquanto você estava trancado naquele banheiro ela passou por aqui, mandou me chamar no hall de entrada, disse que já tinha terminado o que precisava terminar, no teu apartamento, e que se você quisesse ir embora, podia. E deixou comigo."

Me vem acompanhando minha vida inteira, disse ela. Me dá azar, me dá sorte, me dá uma linha reta para seguir. Já tracei há muito tempo o fim desta linha, é igual ao começo. O cavalinho vai levar o dono dele para o começo de tudo, uma delegacia. Tome, entregue a ele. E cuidado para não pegar, você, com as tuas mãos, nele. Aqui, entregue dentro deste saquinho de feltro.

E adeus.

Me disse ela.

É isso. Daqui a pouco estaremos em um novo começo. A mesma fome?

# 67

A porta se abre e lá fora o barulho, o calor e o cheiro de combustível a entrar nas veias da dobra do braço, o lixo alegre das calçadas, branco, verde, marrom, rosa-choquim, choque, e aqui um pulo sobre uma poça, amarela e mais o cheiro do lixo acumulado em sacos pretos perto de um poste (tem de entrar no cheiro devagar, como quem aplica uma injeção, me ensinou um dia um gari). A mulher que remexe o lixo, o líquido saindo do lixo, os mosquitos voejando, vermes comendo a cidade ao mesmo tempo que ela cresce. Rádios de pilha dos porteiros, as televisões sendo ligadas, poças de água, os primeiros anúncios luminosos, os cheiros da comida do jantar das centenas de apartamentos, quartos, vagas, as lojas se fechando ráááá, cachorros vadios, os postes ainda quentes de sol, Nina encosta o braço em um deles esperando o sinal abrir, bom, o calor. As caras das pessoas, tantas pessoas, o suor das pessoas.

Um pedaço de céu ainda claro desenha — como uma peça de quebra-cabeça, com seu próprio contorno, o contorno da peça ausente — o perfil negro de um morro que todos pensam estar lá. Nina anda mais, até que as pernas de tanto andar andam sozinhas, um, um, dois, dois, a portaria do gringo. E ela poderia ter continuado, vinte, vinte, até o fim da rua.

Você precisa de mim para colocar a culpa em mim, P. Você abre a porta com sua chave, nós pegamos o dinheiro e quando eu sair, damos um jeito para que alguém me veja, me veja bem. Depois você diz que esteve aqui para pegar alguma coisa para a festa, uns copos, sei lá, você inventa. E que, ao chegar aqui, deu de cara comigo, te ameacei com uma arma, entrei, roubei o cofre, e fui embora. É isso que você vai dizer. E aí as pessoas vão ficar me procurando. Mas eu não existo. Quem eu sou? Uma fantasia de gringo, um sonho de Tânia, um personagem improvável. Alguém que você mal conheceu na porta do teu trabalho. E é isso. Dividimos. Você tem a chave, e eu o começo, o meio e o fim.

"Ligue a televisão, para abafar o barulho."

O som insuportável da televisão. Nina passa pela sua bolsinha e pega, sem fazer ruído, um par de luvas.

Luvaria Lopes. Na hora, achou engraçado, uma luvaria. Pois a rua era suja, movimentada e barulhenta, e as pessoas que passavam, como ela, eram pessoas que se vestiam com roupas comuns, sapatos baixos, sacolas, nenhum punho de renda, ou prateleirinha de cristal e, no entanto, uma luvaria. E Nina foi ver a vitrine e na vitrine tinha de tudo, bandejas coloridas, conjuntos de panela, algumas camisas de homem, guarda-chuvas, e nenhuma luva. Nina entrou, quase indignada, a senhora tem luvas?

A escada que corria por um trilho nas prateleiras da parede e, bem em cima, uma caixa, embaixo de outras caixas, a mulher voltou. Abriu, tirou a luva. Estava dentro de um saquinho plástico, envolta em papel de seda.

E aí teve a ideia, não foi bem uma ideia, foi mais uma imagem, ela de luvas, tirando o vestido pregueado, de saia pelo joelho, e depois, sempre de luvas, tirando a calcinha, desabotoando o sutiã, até que, só com as luvas, se ajoelharia e pegaria, profissional, o pau. Comprou, não eram caras, levo duas.

"Não quero machucar a mão quando precisar segurar o cofre, por isso coloco luvas."

# 68

Y aunque se buscó este tesoro con grandísima diligencia, por muchas partes de la laguna, nunca se halló.

Nunca na verdade acreditamos ter afinal achado a porra do tesouro. Está na hora de acabarmos com isso.

Então vamos lá, Nina pega o pequeno cofre, senta-se na mesa da sala e, quando vê, seus pés estão cruzados atrás do pé da cadeira. Descruza, o coração acelerado, hoje era que dia? que ano, hoje?, quem, eu?

Nina. Depois pega a chave de fenda e finge mexer na fechadura do cofre. Seus olhos passeiam sem que a cabeça se mexa. O apartamento de gringo, P. na sua frente.

"Isso às vezes demora. Pega minha bolsa, por favor".

Ele pega. Entrega a ela sem abrir. Nina remexe a bolsa e depois volta a girar a chave de fenda na fechadura do cofre.

"Vou beber uma água, você quer?"

P. faz que não com a cabeça, ele se sentou na cama de gringo. Sua tão conhecida.

Nina vai até a cozinha, bebe água em um copo que está se-

157

cando em cima da pia e que parece nunca ter sido lavado. Nina limpa a boca com as costas da mão, tem de voltar para a sala.

Mas não ainda, não ainda.

Ela abre a geladeira, um pedaço de bolo. Enfia o dedo da luva branca para fazer uma mancha, só para fazer uma mancha. Enfia o dedo depois debaixo da água da pia e enquanto a água tira os restos do bolo, Nina espia cantos e frestas da pia, lugares onde junta gordura, onde se escondem as baratas. A luva, com a água, gruda mais na pele, dá mais tato a seus dedos.

Volta para a sala.

Pela porta do quarto, calcula a distância que a separa de todo o resto, a cama onde P. se deitou, o buraco do cofre, tão feio. As pessoas não iriam ter boa impressão, quem chegaria primeiro, vizinhos?, o próprio gringo? Se for gringo, será que vai notar, assim que entrar, que seu jogo de xadrez está completo, o cavalinho branco no lugar?

Chegarão, abrirão a porta do quarto e então verão um pântano de ficção científica cobrindo todo o chão e mais a cama, cama é tão difícil de limpar. P. não põe o quadro de Van Gogh no lugar outra vez. A parede, então, apresentará marcas do quadro ausente e, dentro delas, respingos marrom-avermelhados fazendo um outro quadro, este abstrato, joguinhos de adivinhação. Para distrair.

# 69

Nina diz, consegui abrir.

E arrasta a cadeira para trás e segura o cofre com as duas mãos e vai em direção ao quarto, sorrindo como quem mostra, olha, consegui, e quando está perto o suficiente joga o cofre para trás, para a sala outra vez, enquanto passa o pequeno punhal pela garganta de P.

E, ao mesmo tempo, dá uma torção de corpo para se desviar do esguicho do sangue e nem espera para ver que sangue é aquele. Vira-se, sai do quarto, tranca a porta e, na sala, aumenta o som da televisão, quase para se obrigar, por desagradável, a sair.

Põe o cofre em uma sacola, bate a porta.

Chama o elevador e aí nota que ainda está de luvas. E quando tenta tirar as luvas nota que sua mão, a que segura rígida a sacola, segura também o cavalinho ainda aberto, sujo de sangue.

Nina coloca a sacola no chão, tira as luvas e coloca tudo, luvas e cavalinho dentro da sacola. O elevador chega, ela desce, abre a porta de vidro, cumprimenta o porteiro, escuta o barulho atrás de si, plec. O cavalinho, o que fazer com o cavalinho.

Os primeiros passos sempre difíceis. Depois de alguns segundos entorta o corpo, para compensar o peso, como faria qualquer dona de casa com um pedaço de melancia para seus filhos. E vai andando, meio curvada, devagar, fazendo parte das poças, dos cheiros de lixo, dos anúncios luminosos em néon, dos barulhos de ônibus, uma coisa só, quase feliz, tão bom, fazer parte. Mas Nina tem de parar em algum lugar e ajeitar as coisas e o melhor lugar para isso é ponto de ônibus. Pode-se ficar em ponto de ônibus por muito tempo sem chamar atenção.

Fica. Aí levanta a sacola e, com as mãos lá dentro, limpa um pouco do sangue do punhalzinho, fecha-o sem tocá-lo. Antes de colocar a sacola no chão outra vez, certifica-se de que a chave está lá. Está. É a mesma chave com um sujinho de asfalto na parte de cima, que Nina arrancou do chão de frente do bar, naquele dia. É para onde vai, para a porta que aquela chave abre.

Nina se afasta, anda devagar com sua sacola pesada, as pernas finas, a cintura fina, parece frágil, cansada.

"É aqui a festa do P.?"

"É, sim senhora, pode subir."

A porta do apartamento de P. já aberta, algumas pessoas no hall, ninguém que conheça. Vai entrando, seu jeito antiquado, com licença.

Tânia olha para ela, surpresa.

"Oi, Tânia."

Tome. Entregue a ele. É dele. Cuidado para não pegar, você, com as tuas mãos. Entregue dentro deste saquinho de feltro.

E adeus.

Acrescenta, preciso ir agora. Mas não vai, olhando a ponta dos seus próprios sapatos. E depois fez um gesto brusco de cabeça, para os lados, para trás, olhando tudo, inspecionando a cara das pessoas, o ambiente, ávida, como quem quer tirar uma foto para não ter de lembrar de mais nada, só da foto. Depois bate os olhos outra vez em Tânia e repete:

"Adeus."

E como Tânia não fala nada, sai.

# 70

"Os jovens. Porque é um ritual de iniciação, o maraqué."
Ele está quase nu, a seu lado no sofá.

"Os jovens ficam em fila e em total silêncio, aguardando
que o inseto venenoso os pique. Estão em jejum há algum tempo e o principal, na história, é não romper o silêncio. Nada de
gemidos, palavras que não servem para nada como em geral, as
palavras."

Tânia diz, sei.

"Ainda se pratica, parece, na região do rio Meta. Meta é o
nome mítico e secreto de Eldorado. Hoje, o rio Meta, afluente
do Orenoco, é o único testemunho deste significado perdido e lá
é, justamente, a região dos urucuianos."

O ritual do maraqué se dará no sofá do quarto do apartamento novo de P., apesar do barulho crescente da obra da rua e
de algumas batidas na porta, que gringo fecha, embora, com o
dia vindo e a festa cada vez mais silenciosa, seja de se supor que
a casa já está vazia ou quase. E então Tânia começa a falar, sua
voz mais um componente deste ruído de fundo e não algo que
quebre algum ritual.

Histórias são chatas, se repetem como em um espelho, a única surpresa sendo a distribuição de papéis, quem fará o quê desta vez.

"E P., se não foi embora com Nina, está morto. Pois ela veio aqui sozinha. Você estava no banheiro, foi na hora em que você se trancou lá no banheiro. E não adianta gemer. Ou falar."

Ele tenta tirar sua roupa, ela o olha com curiosidade, nada mais. Não tenta impedi-lo ou ajudá-lo. As alças do vestido já estão descidas e aparecem, por baixo, as alças apertadas do sutiã. Aí vem um riso manso, de dentro e que aos poucos cresce, ele se sacudindo todo, o ventre magro e seco, em sacudidas secas, e os pentelhos, o começo dos pentelhos, aparentes, pentelhos claros, ruivo-amarelados, como ouro, os pentelhos tremem. E ela olha os pentelhos que tremem. São como pequenas penas debaixo do bico dos canários cantadores. Que tremem durante um trinado, porque o gringo está com o pau de fora e o pau é o bico de um canário que trina, seco, técnico, sem alegria.

Tânia tenta colocar as alças no lugar achando, em um primeiro momento, que gringo ri dela porque ela não é bonita.

Mas deve ser outra coisa, porque ele ri mas não a olha, e sim ao espelho rachado, rachado na mudança, e que está encostado na parede.

# 71

Gringo abre o cadarço do saquinho e fica com o cavalo branco do seu jogo de xadrez na mão, virando-o, enquanto Tânia diz, e diz mais para falar alguma coisa, para não chorar:

"Nina mandou fazer esse punhal, dizia que lhe dava azar, lhe dava sorte. Quando eu a conheci, o cavalinho já era assim, com a lâmina que sai quando se aperta a orelha."

Mas a voz de Tânia se desfaz nos ruídos do ambiente, nos ônibus, nos radinhos de pilha, em pessoas falando, mas principalmente no barulho da obra em frente, ritmado, as marteladas de um Chopin infantil.

Gringo vai sentindo o mundo sumir, primeiro somem as imagens, depois os sons, depois os cheiros. E depois tudo reaparece, a primeira coisa sendo uma batida na porta.

A batida é forte, insistente, autoritária, deviam estar batendo já há algum tempo, mas gringo fala:

"Essas manchas aqui no marfim, isso é sangue."

E só fica sua voz no quarto. Gringo então larga o cavalinho de repente, brusco, enquanto olha para a própria mão que começa a suar, suor deixa impressões digitais mais nítidas.

O cavalinho vai bater no espelho rachado que está apoiado na parede. Com a batida, sua lâmina abre e ele fica lá, em frente ao espelho, parecendo ser dois, ambos irreais, o cavalinho branco com lâmina na testa, um unicórnio, um bicho inventado.

Mas batem na porta. E gringo então se levanta lentamente do sofá, nu da cintura para baixo e se dirige à porta mas para isso ele precisa passar por Tânia que está em pé no meio do quarto.

Batem cada vez mais forte e, ou porque Tânia se assusta com o sangue na lâmina do cavalinho, ou porque acha que gringo, ao se levantar, vai agarrá-la, ele e seu pau. Pode ter sido uma coisa ou outra, mas o fato é que só depois de ouvir as batidas fortes na porta, e não antes, que Tânia então grita, socorro.

Gringo ouve aquela palavra, socorro, como de muito longe, mas batem na porta e gringo, que se educou para enfrentar qualquer coisa, abre a porta, nu, resoluto, o que o senhor deseja?

Enquanto com uma de suas mãos vai tirando lentamente a gravata do pescoço, duas tiras pretas sobre a camisa tão branca. E enrolando suas pontas nas mãos, como uma corda.

# 72

Evelyn chega a cadeira para trás. Com isso, fica encostada na janela, o que permite que apoie a nuca no peitoril. Coloca então as pernas para cima, descuidada, na máquina de escrever. É nesta posição que ela ouve o Chopin martelado que vem da escola ao lado e são sempre os mesmos acordes, martelados taralalá com força simiesca pelos dedos de quem toca e também pelas palmas infantis e vozinhas que especificam, absolutamente seguras, taralalá, pois é Chopin de aula de música, o que tem sua ironia.

E mais a paisagem de postes ligeiramente inclinados, nem por culpa de eventuais desastres de carro em sua base mas porque, na colocação mesmo, os noventa graus necessários são calculados no olho torto, o outro fechado, a ponta da língua de fora. E mais: telhados de zinco, fios de eletricidade, pontas de parede, angulosos, são cotovelos e joelhos de quem cresce muito depressa. Mais além, para refresco e alívio de Evelyn, o rio, mas o rio é, sob o branco do sol, um vergalhão de metal duro e o movimento que podia embalar suas pupilas fica por conta de uma de suas margens, onde corre, sempre em pânico, um trem que vai desaguar no mar de capim, Evelyn fecha a janela desistindo do Chopin para que esse mundo de rios imóveis e margens móveis não lhe invada, desenquadrado, fora de ordem, o corpo.

Na cozinha, uma empregada que a olha admirada, seja o que for que Evelyn faça. Esta empregada vem trabalhar carregando a filha recém-nascida, e prepara coisas horríveis para o jantar. E na cozinha também, a babá e o menino.

Sentada em frente à Remington novinha, mesmo sem no momento nenhuma encomenda de tradução, Evelyn bate furiosamente as teclas a esmo, para que o som desta datilografia em branco, atravessando paredes, vá dizer às pessoas escuras da cozinha um recado perfeitamente inteligível: não se aproximem.

A escola ao lado se chama Liceu Pasteur, a professora, Rosário, uma mulher gorda, com fama de severa. Com a voz muito rouca a sair de um rosto muito branco, parece a Evelyn que, uma vez as aulas do dia acabadas, a professora Rosário come avidamente, sujando o rosto para que fique branco, pedaços de giz que sobram no quadro-negro. É escola particular, cara, mas a única que não está em mãos de padres ou freiras e é lá que Evelyn coloca o menino, antes que chegue na idade mínima do internato, este — não tem jeito — de padres.

# 73

Mais do que barulhos de guerra, o que lhe enche os ouvidos são lamentações da mãe e comentários sobre nova amante do pai, linda jovem da sua idade que, ao se encontrar por acaso com Evelyn em confeitaria do centro de Berlim, se diverte em acender uma cigarrilha, jogando as baforadas para cima dos olhos escandalizados — e depois disso lacrimosos — que a fitam. Entre competir com esta mulher e se contentar com a mediocridade materna, Evelyn prefere partir, na mala o endereço de uma organização de ajuda a imigrantes.

Casa-se pouco depois da chegada, ao perceber que mulheres sozinhas são inviáveis na nova terra e que Oscar — a pessoa sugerida pela organização — é homem elegante, bem-humorado, já com emprego fixo e que, obrigado a fazer viagens curtas pelo interior, precisa casar-se rapidamente para garantir casa montada e funcionando, um ponto que sirva de referência segura à central da companhia, uma firma de mineração.

E ao sair de casa de manhã cedo, Oscar podia ter outro nome e estar em outra época, e sua companhia podia chamar-se Welser, porque muitos séculos antes aquela pequena cidade já existia, igualzinha. E muitos séculos depois, também.

O ar-condicionado barulhento e um ventilador — cuja função é a de jogar o ar mais fresco que sai do ar-condicionado nas mesas mais distantes — movimentam papéis em voos de galinhas. Evelyn fica lá, fascinada com o descompasso, uma inversão. Pois os papéis dançam em ventos desencontrados, quando o barulho mais forte é o do ventilador, quem dança são os papéis mais perto do ar-condicionado. E pior, Evelyn, sentada perto da janela, descobre que a mesma coisa se dá lá fora. Entre as árvores da rua há fios cheios de bandeirolas desbotadas, restos de alguma festa — sempre há festas nesta terra. E as bandeirolas azuis, amarelas, vermelhas, dançam elas também, como loucas, mas o que Evelyn escuta é o barulho inconstante do ventilador e o ronco constante do ar-condicionado e nenhum outro, as janelas estando fechadas. E as bandeirolas dançam em um terceiro ritmo, que nada tem a ver com o do ventilador e o do ar-condicionado — o de um vento, acredita ela.

Evelyn deixa-se ficar, vencida. Não está, de jeito nenhum, acostumada a receber, juntas, duas coisas que não tenham relação de causa e efeito.

O rapaz fala.

"Quer um café? O patrão já vem."

São gentis, desprezivelmente gentis, e Evelyn cruza as pernas que sabe bonitas no ângulo certo de inclinação. No pescoço suado, os pelinhos da écharpe de pele colocada não só porque elegante como porque tampa o fecho da blusa, que não fecha. Esse o retrato, já amarelado.

# 74

Evelyn pedirá demissão depois de uns poucos anos por não conseguir se adaptar ao ambiente de trabalho. Seus colegas homens se mostram escandalizados e humilhados por seus hábitos liberais e suas colegas mulheres falam mal dela pelas costas. Mas Evelyn, mesmo sabendo disso, continua, dura, até não conseguir mais, pois mesmo quando só há silêncio depois de suas palavras, ela continua a dizer, em um desafio diário, até quando não dá:

"Esperem por mim, também vou."

E desce o elevador em direção ao mesmo bar, os homens cabisbaixos e com as brincadeiras e palavrões habituais agora em um mingau a prender a língua.

Ou diz, depois de procurar, e achar, os colegas em outro bar, diferente do habitual:

"Resolveram variar, hoje? da próxima vez me avisem para eu não ter de catar."

Porque Evelyn, após o trabalho, se junta aos colegas homens no barzinho em frente ao escritório e é a primeira vez na história da firma que uma funcionária mulher faz uma coisa dessas. Lá, no bar de serragem no chão, os homens discutem esporte, falam carajo, coçam os colhões, no ritual masculino de se livrar da subserviência — inerente à condição de empregados — antes de chegarem, machos outra vez, em suas casas e mulheres. E isto é impossível de ser obtido na presença de Evelyn, uma mulher que os olha, dura, nos olhos, sem nenhum resquício de malícia ou sensualidade, sem notar que são homens. Evelyn põe-se no balcão, o cotovelo raspando outros cotovelos, pede cerveja. Ela costuma colocar a seus pés, com cuidado para não sujar, a sua pasta de trabalho e esta é outra novidade constrangedora, Evelyn não usa bolsinhas de fecho de metal. ou pérolas, bolsinhas de ombro ou de mão, enfeitadas com lencinhos ou broches, Evelyn usa uma pasta de trabalho preta, fechada com uma tranca. A pasta fica lá, perto da dona, ambas encostadas no balcão, Evelyn falando suas palavras de rr arrastados e fazendo piadas que ninguém entende mas que provocam, por constrangimento ou educação, primeiro uns risinhos amorfos e depois o silêncio.

# 75

Fala sozinha, de pé no bar, sem se importar de ninguém responder mas quando por milagre alguém responde e uma conversa se arma, ela então, com um de seus pés, tateia o chão, sem desviar os olhos nem por um segundo de seu tão raro interlocutor. O pé tateia o chão procurando pela pasta de couro como um cachorro inquieto que precise encostar, de vez em quando, o focinho no seu dono para se acalmar, e nesta hora não é mais Evelyn a dona da pasta mas o contrário, seu pé o focinho que precisa encostar em seu dono, o dinheiro, que a pasta simboliza e que é o instrumento que ela escolhe para se impor, por obstinação ou vingança, na nova terra.

Depois pega seu carro sedan preto e acende os faróis porque, da fábrica até a cidadezinha, a distância não é grande mas é grande o suficiente para Evelyn sentir o vento no rosto e calcar o pé o mais fundo que der, a vontade de ir além, de ver a cidadezinha passar, vaga-lumes — e seguir.

Oscar às vezes tira da caixa que fica em cima de um dos armários o seu violino. Tira e toca, sentado na beira da cama, canções que estavam na moda antes de eles virem, um na frente, outra depois, para a nova terra. Toca com a cabeça inclinada, olhos baixos, e nestas horas as suas sobrancelhas grossas ficam tão cerradas que o sulco acima do nariz mais parece rachadura em pedra. E Evelyn então pensa que, já que há uma rachadura, talvez ainda possa alcançá-lo através dela.

Evelyn teria tentado ter um filho até saber, por um médico, que isto não aconteceria. E então, porque suas reações são sempre as de bicho acuado, radicaliza até chegar na ideia de adotar uma criança, e já que é para adotar uma criança, isto é pouco, ela adotará uma criança do novo país, uma criança que seja obviamente uma criança do novo país, um mestiçozinho, um desses meninos amorenados que enxameiam as ruas da cidadezinha.

Perguntado sobre a possibilidade de haver uma criança na casa, Oscar dá de ombros. Ele se define como cidadão do mundo e, com o apoio do seu cachimbo, um hábito recente, tece teorias sobre a necessidade de formação de elites locais, o que se dará, com certeza, através da influência dos representantes de culturas mais avançadas, cita indícios de mudança no eixo do poder mundial, e fala mais um pouco, disso e daquilo, olhando o vácuo.

# 76

Para gringo, sua existência se deve ainda a um outro motivo: Evelyn tem o secreto deleite de épater les bourgeois assim em francês. Evelyn imagina um ser da terra, mas esguio e bem-falante, destinado a assumir posição importante nos meios empresariais do país — o país, mais do que a criança, o verdadeiro objeto passível de adoção.

A adoção, pelo menos no nível afetivo, acaba sendo mais uma das ideias a não dar certo porque Evelyn logo percebe, assim que a nova caminha chega na casa, ser vital para ela a manutenção de um espaço privado, e a criança é instalada então em um canto do quarto do casal, para que ela não precise desmanchar seu escritório. Onde, porta fechada, bate na Remington com fúria redobrada, pois agora, atrás das paredes, estão empregada, babá e duas crianças: o menino e a filha da empregada. Pode ser esta a história, e é uma boa história. É, pelo menos, história muito contada, corrente, mas há outra história, sempre há.

"Ele não", Evelyn passa a se referir ao marido por ele, simplesmente, mesmo quando apenas os dois na sala, "consegue mais nem consertar a eletrola, é um inútil mesmo."

"Ora, minha querida", Oscar, junto com sua nova amizade a um cachimbo Raleigh espuma do mar, desenvolve um tipo de gentileza que também mantém, tal qual o cachimbo, qualquer vestígio de calor bem distante da boca. "Talvez devêssemos estudar a possibilidade de o problema aqui ser não o de falta de conserto mas o de excesso de, digamos, inabilidade, ou melhor, impaciência. A eletrola quebrou três vezes esta semana."

"Não foram três vezes."

"Foram sim."

"Não foram."

"Eu acho que foram", e a frase vem cantante, allegretto.

"Não foram!!", e o não foram de Evelyn já vem aos berros, com manchas de sangue.

"Bem, então eu me enganei."

E o silêncio denso dura o resto da tarde ou até a próxima viagem de Oscar porque Oscar está sempre viajando.

Então Evelyn chama o rapaz que conserta eletrola e, em quinze minutos, trepa com ele no tapete da sala, depois de notar que ele, ao entrar no apartamento, olha de maneira significativa para seus seios muito brancos e agora, com a maturidade, bastante opulentos. Evelyn tranca a porta de comunicação que dá para a cozinha, avalia com a mão o pau do rapaz, tira a roupa, senta no chão e faz com o dedo um sinal de venha, ele vai.

Desta maneira Evelyn iria descobrir que a impossibilidade de gerar filhos, na verdade, malgrado o renome do médico consultado tempos atrás, é não dela, mas de Oscar. Evelyn age por impulso, seus motivos mais frequentes de decisão são o acinte, o desafio. Em situações de tensão, radicaliza. Leva em frente a gravidez, olhando Oscar dentro dos olhos e esperando, o queixo erguido, as sobrancelhas alceadas, qualquer frase como:

"Hum, então, ao que parece, temos aí alguma novidade completamente inexplicável e inesperada."

A frase nunca veio.

# 77

Oscar tira o Raleigh da boca e olha para ela, expressão irônica, quando um dia Evelyn aparece na sala, depois de ir ao banheiro de manhã para vomitar, com uma de suas roupas antigas,
que não é usada há muito, por ser larga. Ele a olha e depois, en-
tortando a boca em um muxoxo indiferente, volta ao seu jornal,
tornando inútil o teatro encenado por Evelyn: ela chega na sala
e com mímica de quem está com grandes dificuldades de loco-
moção, o que não é verdade, se joga em cima do sofá, aahh. Sofá
de estampado de jacarés, novo, já desde sempre uma foz onde
desabam tensões, possibilidades.

O sofá, comprado junto com um tapetinho e dois abajures
de pé, em um impulso, sem que Oscar seja consultado, logo depois de se descobrir grávida.

"Para dar um ar de novidade neste necrotério", diz em voz
alta para Oscar que, de pé às suas costas, observa a entrada dos
móveis na casa sem dizer uma palavra. Nunca, nem neste dia
nem depois, ele demonstra tomar conhecimento nem da gravidez nem do resultado da gravidez, um menino moreno, mestiço.

O pequeno prédio onde a família mora tem um outro apartamento também no térreo, onde há um cachorro preto, barulhento. Evelyn não se dá com estes vizinhos, como com ninguém. A porta do apartamento está entreaberta porque chega uma visita da rua para o chá com biscoitos — que Evelyn chama de biscuits, havendo, na diferença de palavras, a diferença de qualidade, o que ela serve é biscuit, fino, de qualidade, biscoito é o que os vizinhos servem, grosseiro, de má qualidade, que quando o menino uma vez aceita, ela tira de sua mão com um tapa: não coma porcaria. Mas a porta do apartamento está então entreaberta e o cachorro do vizinho entra no mesmo momento em que chega a visita e que Oscar se retira da sala, porque Oscar não fica para os biscuits vespertinos de Evelyn. E Evelyn berra então:

"Não, não, não outra vez este viveiro de pulgas."

Ela berra para que o vizinho, na porta embaixo da pequena escada, não deixe de escutar. Mas Oscar chama o cachorro:

"Psi, psi."

E o cachorro desconfiado, sábio, não vai. Para no meio do tapete seminovo olhando para Oscar, mas é um cachorro de bom temperamento e logo se esquece da ameaça pressentida no psi, psi e continua, alegre, passando perto de onde está Oscar. Oscar faz um carinho no cachorro. É um carinho que dói, ruim, e o cachorro gane. Oscar não para, rindo e o cachorro gane. É uma das poucas vezes que o menino vê Oscar rindo. Dura pouco, o cachorro consegue se safar e vai embora, rápido, raspando no batente da porta agora totalmente aberta, quase derrubando a visita de bolsa de couro e meias de seda que entra naquele mesmo momento e que diz, mein Gott, dando a impressão, ao menino, impressão indelével, que Gott é cachorro em alemão.

Oscar ainda ri, sozinho no meio da sala e Evelyn, rindo também, mas de nervoso, olha fixo, meio histérica para o menino que, ele também, deve sair da sala naquele momento, crianças não participando da vida social de adultos. Falando para a visita e dividindo com a visita o olhar que até há pouco era só para o filho, Evelyn diz:

"Ah, Oscar adora bichos."

E quando muito mais tarde alguém pede para gringo falar como era seu pai, a única coisa que ele consegue dizer é que ele adorava bichos.

Pouco depois gringo vai para o internato de padres. E gringo vai para o internato porque Evelyn olha para ele sempre com muito espanto. Ela não esperava que o menino crescesse tão moreno assim. E é essa a razão do apelido. Porque muito antes que gringo se torne conhecido por falar bem inglês, muito antes de obter naturalização americana, muito, muito antes de trabalhar como trabalhou, transportando coca e armas em um pequeno monomotor, gringo já é chamado de gringo. Porque nas aulas da professora Rosário, na hora da chamada, quando ela diz, em sua voz forte, Goldenbach, Franz Heinrich Gustav, quem se levanta é o menino magrinho e moreno da primeira fila, o pequeno mestiço. E então as gargalhadas explodem. E depois, no recreio, no pátio de chão de terra sombreado por enormes árvores, os gritos ecoam de lado a lado, gringo! gringo!

# 78

O homem de pé na porta não sabe se fala gringo ou senhor gringo. E também não sabe se mantém os olhos nos olhos dele ou se desce para confirmar que, sim, ele está nu da cintura para baixo.

"Senhor Gringo?"

É porque gringo é filho de sua mãe. Mesmo se, durante o período em que ela estava no asilo, ele se debruçava sobre ela — e era bonito de ver, na distância, o filho cuidando da mãe — e enfiava, nenhum cabo de escova de cabelo, mas colheradas da papa já fermentada, desde a manhã, na boca velha. Escorria às vezes pelos cantos e ele então raspava, complementava com mais papa e tornava a enfiar tudo, papa e baba, rapidamente, para que ela não tivesse tempo de contar sobre as circunstâncias do seu nascimento, sobre a pensãozinha na cidade grande onde ficou até ele nascer.

"Ouvia-se até tarde da noite o riso das pessoas que chegavam pelos corredores de tábuas compridas."

Ou sobre como ela — e ela ria nestas horas, a boca escancarada, sem dentes, a papa escorrendo, ela ria de quase sufocar — não lembrava de nada, nadinha, do rapaz que viera um dia consertar a eletrola.

"Nada."

Mas, apesar das colheradas rápidas enfiadas na boca, gringo é filho de sua mãe. E porque é filho de sua mãe, seus motivos são os do acinte, do desafio. Então diz, insolente, para o guarda que espera ele abrir a porta com a mão já no coldre do revólver mas que agora passeia a mesma mão, perdida, sem rumo, pelos botões da farda, na hesitação de uma situação para a qual não foi treinado: o elemento que mandaram buscar está nu da cintura para baixo.

"O que o senhor deseja?"

Enquanto com seus dedos finos e compridos vai tirando lentamente a gravata do pescoço.

"Houve uma confusão no seu apartamento, senhor. Há vítima de agressão à faca, que já foi levada para o hospital."

E espichando-se para olhar para dentro do quarto, para Tânia, que tampa com a mão uns restos de grito, para o espelho rachado com um cavalinho/punhal em frente, acrescenta:

"O senhor passou a noite toda aqui?"

Se brancas B em 4BR, B em 5BR e o R em 6BR apenas, e as pretas R em 1R, automaticamente então B7B, R1B. B7D, R1C. R6C, R1B. B6D xeque, R1C. B6R xeque, R1T. B5R mate.

Mas nem sempre.

O guarda volta a colocar a mão, nervosa, sobre o coldre do revólver e gringo nota que ele está com os cabelos e ombros molhados da chuva, um cinza aquoso lhe caindo sobre a cabeça, os ombros, chegando até as botas, um contrário do marrom que sobe. Mas não são botas, são coturnos a palavra certa, palavras certas, certezas. O apartamento de P., entrevisto por trás do guarda, está aparentemente vazio. O guarda fala, Tânia às suas costas ainda emite uns restos de grito, um háá, continuado, com a garganta, o som de quem começa algo e tem dificuldade em parar. O guarda fala. Gringo franze a sobrancelha, há linguagens desconhecidas. Gringo vai tirando, com seus dedos finos e compridos, a gravata e enrolando as pontas nas mãos, como uma corda. E quando o guarda consegue enfim apertar o gatilho já está quase desmaiado, sem ar, enforcado.

# 79

(P. está na minha frente, ele não gosta de mim, não deve ter gostado nunca, dá para sentir, agora. Fico olhando para ele, também. Eu disse que ele não precisava se preocupar por Nina ter lhe passado não só a navalha no pescoço como a perna, fugindo com o cofre.

"Sabe, o cofre estava vazio", digo.

"Eu sei", responde ele.

Eu ia continuar, eu tinha ensaiado essa parte, ia dizer que o cofre estava vazio porque eu havia mentido em relação à comissão.

"Nunca houve uma comissão."

P. não responde nada.

Aí eu me toquei e disse:

"Vem cá, como você sabe que o cofre estava vazio?"

Aí ele diz que houve sim, uma comissão.

"A comissão te foi entregue nos poucos dias em que morei no teu apartamento. O cara chegou no interfone e perguntou: é o apartamento do senhor gringo? Eu disse que era. Ele está? eu disse que sim. Ele disse: é da parte de fulano. Eu disse: tudo bem. Ele disse:

é para entregar a encomenda. Eu abri a porta, ele subiu, entregou a encomenda, era um envelope pardo."

"Você está mentindo, P."

"Estou. Estamos sempre, não?")

# 80

O policial está de pé na porta, gringo vai tirando devagar a gravata e, de repente, pula em cima dele, enroscando suas pernas (ele nu da cintura para baixo) na cintura do outro, o que o impede de puxar a arma imediatamente. Tranca os pés pelas costas do policial e passa a gravata, de seda, escorregadia, pelo seu pescoço, aperta, Tânia volta a gritar. Depois, gringo alegará perda momentânea da razão em virtude do choque sofrido ao saber do ocorrido em seu apartamento. Com tal demonstração de violência, dissesse P. que quem o atacou foi o próprio gringo, todos acreditariam. Faz sentido: as impressões digitais do punhalzinho são as de gringo e o próprio punhalzinho, arma usada contra P., pertence a gringo como é fácil a qualquer um constatar: a peça completa o jogo de xadrez que fica na sala do apartamento.

Seria assim:

Gringo diz a P. que o espere na sua própria casa porque ele passará por lá antes da festa, quer conversar um assunto particular. P. espera. Gringo quer convencer P. a terminar seu relacionamento com uma moça chamada Nina, de sobrenome desconhecido, e de quem sente ciúmes.

Depois que a festa se inicia, gringo sai do apartamento novo de P. e rapidamente chega ao seu, os dois locais próximos um do outro. Lá, P. e gringo discutem e gringo acaba por tentar matar P. Ao ver o sangue se espalhar e P. caído no chão, gringo tira então, ele mesmo, o cofre da parede, ao qual deu sumiço, para depois poder dizer que P. foi surpreendido roubando-o e que ele apenas se defendera, era a palavra de um contra a do outro. Depois, transtornado pelo que aconteceu, gringo volta à festa ainda sem saber o que fazer. P., que quase morre, agora o processa por agressão à mão armada, pedindo, inclusive, alta soma em dinheiro como indenização por danos morais, ele ficará com cicatriz no pescoço. P. tem a favor de sua versão o fato de todos na festa poderem testemunhar que ele não apareceu, apesar de ser aguardado, e que gringo, em dado momento, sumiu. Segundo ele, trancado em um banheiro, o que é ridículo.

Tânia pode dizer que gringo é homem violento, que tentou possuí-la à força. E o policial pode dizer que gringo é homem violento, que tentou matá-lo sem motivo.

E tantos podem dizer o mesmo, mas não. A história não é essa.

P. decide fazer uma surpresa a seu grande amigo gringo e deixa tudo pronto para a instalação de um cofre novo na casa dele. Está quente, ele sua, já que está de luvas para evitar que o reboco machuque suas mãos de pintor. Em dado momento, resolve dar uma coçadinha no pescoço, que o incomoda por causa do suor e do pó de reboco que cobrem sua pele. Pega então o primeiro objeto que lhe cai na mão, um cavalinho branco, desses de xadrez, sem saber que, ao menor toque na orelha, pularia uma lâmina fina de dentro dele. E ele está de luvas e de luvas a pessoa não tem mesmo muito tato. Então, ele pega o cavalinho e se machuca sem querer. O único mistério ficando por conta de como o cavalinho foi, sozinho, até a festa onde está gringo.

Alguém, senhores, senhoras, deve ter estado no apartamento enquanto eu estava desmaiado no chão depois de ter cortado meu próprio pescoço. Este alguém achou o cavalinho e o levou para onde estava gringo.

É a única explicação.

E depois, senhores, senhoras: alguém registrou queixa de roubo? Não. Alguém registrou queixa de agressão? Não. Em suma: houve alguma coisa? Não. Não aconteceu nada, nadinha.

# 81

(Digo a ele que na verdade eu não tinha muito que fazer com os dólares da comissão, por isso não me esforcei. *Ele diz que também não tinha muito que fazer com os dólares que recebeu em meu nome.*

*Digo que tinha exigido a comissão, de começo, porque that is the name of the game. Ele diz que tinha ficado com minha comissão pelo mesmo motivo.*

*Ele nunca sabe se vai se tornar pintor ou poeta ou o quê. Escreveu uma poesia, o papel está aqui, me trouxe, não pego para ler, é grande, ninguém lê nada tão grande.*

*Digo a ele que acho que não vou gostar, ele diz que também acha que não vou gostar.*

*Está escurecendo, aos poucos a luz do néon irá bater no sofá.*

*Eu estava querendo que ele dissesse: Nina ligou hoje. Ele diria a frase em seu tom casual, corriqueiro e eu responderia, ah, é? E ele poderia dizer: pois é, ela disse que está arrependida. Aí eu o olharia, com interesse, e ele complementaria: arrependida de ter passado a navalha no meu pescoço. E nós dois riríamos, balançando a cabeça. Então digo:*

"Nina me ligou."

Ele me olha com interesse:

"Ah, é?"

"É", e paro, sem mais nada para dizer, e ele também não me pergunta mais nada.

Depois pergunto onde ele pôs os dólares, ele diz que estão no buraco do estofado.

"Veja, quando o néon fica no verde dá para ver direitinho."

Fico parado, sem saber se estou com vontade suficiente de me mexer. No fim, vou. Chego perto do buraco. O néon acende. Apaga.

"Você está vendo? dá para ver direitinho, olha lá, o verde das notas realçado."

"Isso é reflexo."

"Será?"

Volto a me jogar no meu lugar, estou cansado.

"De qualquer maneira, vou levar metade. Metade do reflexo aí."

Ele concorda, hum, hum, e ri. Mal escuto, meu corpo todo dói de não fazer nada há muito tempo.)

# 82

(Uma vez conheci um cara que se apaixonou por uma garota e esse cara sabia que de tal a tal hora ela estaria no trabalho, para onde ele não podia ligar por causa de uma complicação, o marido, parece, trabalhava junto com ela. Mas o caso é que ele sabia que ela não estaria em casa de tal a tal hora e ele então telefonava para a casa dela e ficava escutando o telefone tocar, lá, na casa vazia. E ficava contente com isso, e desligava aliviado. Não sei por que me lembrei disso.

Tânia diz:

"Merda de romance esse nosso, gringo, sem trepada nem crime, estávamos no lugar errado, nós, enquanto falávamos palavras sem parar, coisas aconteciam mais adiante."

Foi a última coisa que ela disse. Ou não foi, mas dá mais efeito pensar assim: a última coisa. Fica um certo clima.

P. acabou o café dele faz tempo. O copo fica meio esbranquiçado quando é café solúvel, cinza-esbranquiçado é alter ego de marrom-escuro. Tenho agora um copo de uísque na mão. Penso em cantar um samba, reluziu é ouro ou laaata, mas percebo que não *tenho vontade, não. Uma hora em que estávamos, eu e Tânia, no sofá, ela disse:*

*    "O que você quer que eu faça? Quer que eu cante a* Marselhesa? *Sei cantar a* Marselhesa. *Inteirinha, e não só aquele pedacinho do allons enfants.")*

# 83

("Vou desenhar, gringo. Não, vou pintar. Quadros enormes, com cores muito fortes, mulheres gordas e nuas, batons vermelhos, sofás onde bate uma luz verde, fria. As mulheres têm as axilas peludas, sem raspar. E as carnes delas são muito brancas. As tintas são fortes, brilhantes. E as pinturas vão se chamar Pinturas Cafajestes."

Não falo nada, ele se emociona ao falar, está quase ofegante, ainda está um pouco fraco por causa do ferimento. Digo: "Você já viu como japonês desenha mar?"

Ele diz que sim. Continuo. Japonês desenha mar sem limites, você nunca sabe quando acaba o mar e começa o ar, ou barco, ou o que for que está perto, japonês não faz distinção onde termina o mar e começa ele, japonês. E tem mais, o mar é desenhado com cada uma de suas bolhas de espuma, todas. Então, além do mar fazer parte do japonês, ele o conhece tão bem que sabe quantas bolhas há em uma espuma, e tem mais, o mar nunca está parado, o mar japonês é um ser vivo.

P. concorda:

"É, eu tenho essa inveja na vida, queria desenhar mar como japonês."

A luz é quase nenhuma agora, excetuando a do néon. Está bom assim, me ajeito melhor, ponho os pés para cima, apoiados no braço do sofá. Penso outra vez em cantarolar alguma música mas não me ocorre nenhuma. P. também se acomoda melhor. Está com as pernas espichadas, a cabeça encostada no encosto. Há quanto tempo estamos assim? Ele continua respirando forte, meio ofegante, mas fico com a impressão de que o faz porque gosta de ar. Ar é bom, de fato, ar é gostoso. Só quem já esteve em hospital sabe disso.

Podemos ficar sentados aqui ad infinitum, eu digo. Ele ri, mas depois fica sério e diz, não, está na hora de você ir embora.

Eu respondo que não sou do tipo que vai embora, no máximo me afasto temporariamente, ele torna a rir.

"É, vai ver é isso."

"Você poderia ser Nina, ou Tânia, no sofá."

Ele diz que poderia ser qualquer pessoa. Eu continuo.

Eu, esses anos todos, diria Nina, ou Tânia. Eu, esses anos todos, fugi de vários homens com outros homens e tentei sem parar, e sem me cansar, entrar em novas histórias. E eu responderia: eu, esses anos todos.

Mas ela continuaria: eu, esses anos todos, me achei bonita apenas em fotos antigas, fotos de épocas em que eu me achava feia.

Eu, esses anos todos, Nina.

Eu, esses anos todos, passei-os dedicados a você, gringo, cada furto era você quem eu furtava, cada homem desmaiado de gozo era você, em cima de mim, quase morto.

E eu, esses anos todos, Nina, me esqueci de você como quem esquece de uma ferida que coça, sobrepondo à coceira a dor de um arranhão feito fundo com a unha suja, que sangra.

Só ficamos nós dois, P.

De olhos fechados você pensa: o mundo acabou. Primeiro são

as imagens, depois os sons e o último som que você escuta antes de apagar de vez é o da explosão final que vai formar uma represa que vai cobrir uma cidadezinha da qual ninguém se lembra. E haverá então o ruído das águas rolando na terra marrom — se você prestar atenção vai escutar."

Mas as águas não são água, são pés, centenas deles, entrando apressados no hospital, pelos corredores gelados e assépticos como luz de néon.

"É domingo, hoje. Sunday bloody sunday, você viu esse filme? O personagem se suicida no final.")

# 84

Na rua em frente ao hospital público as pessoas estão vestidas com sua roupa melhorzinha aguardando a hora de entrar. Escute. É a explosão dos portões/comportas se abrindo. Carrocinhas de pipoca, doces e sorvete circulam entre as pessoas. E nas casas pobres e baixas que ficam em frente, é dia de festa, é dia de ficar na janela, olhando o movimento que nos outros dias é tão escasso, pois a rua é pequena, e suja. Os homens ajeitam crianças no parapeito, são meninas, e você nota a blusa curta e a calcinha branca e mole e larga. E os homens cochicham nos ouvidos das meninas e elas se afastam assim um pouco, porque eles cheiram a cerveja. Mas os homens tiram mais uma tragada dos seus cigarros, expelem a fumaça meio de lado para que não vá em cima das meninas, e tornam a cochichar nos ouvidos delas, enquanto a mãozona, não a do cigarro, mas a outra, a que mantém as meninas no peitoril, a mãozona chega mais perto do que você esperaria, da calcinha. O cochicho era para oferecer uma pipoca, as meninas não parecem estar com muita vontade de comer pipoca, mas ganham um saco, mesmo assim.

Todo domingo é igual. Mesmo que você já esteja morto em uma das enfermarias lá em cima, apenas aguardando o rabecão, a rua será igual. E domingo que vem, quando você estiver enterrado, a rua em frente ao hospital estará igual. Os homens cheirando a cerveja, com suas filhas, olhando o hospital como se olha um cinema.

À medida que a hora da explosão se aproxima, as pessoas de roupa melhorzinha se juntam mais, e às vezes, constrangidas, encontram conhecidos, quando então têm de explicar, com vozes falsamente despreocupadas, por que estão em frente a um hospital público.

Nós também estamos lá. Entregaremos submissos nossa senha ao porteiro e permitiremos que vistorie nossas bolsas e pacotes. Pois, você sabe, funcionários de hospital público, enfermeiros, porteiros, são os mesmos personagens dos policiais de uma delegacia, só muda a roupa, dá para usar os mesmos atores.

# 85

Uma vez lá dentro, tomaremos o elevador, grande e lento, e diremos ao ascensorista: enfermaria dois, por favor. E na enfermaria dois nós nos deitaremos na cama, nos cobriremos com o lençolzinho de algodão e aguentaremos sem paciência as visitas compungidas.

Mas o que aconteceu, gringo? Ou então: mas o que aconteceu, P.? Dá no mesmo.

As visitas têm olhares ávidos, elas querem se apossar de nossas histórias, de nossa preciosa ficção de cada dia, que é o que temos de melhor. Elas foram lá buscar o reflexo do néon em poças noturnas, ou em sofás velhos e sujos. Elas querem sentir o gosto amargo de um cigarro que é fumado uma tragada a mais, no teto ainda quente de sol de um prédio de apartamentos de milhares de apartamentos.

Os olhares ávidos estarão ali, à espreita, para surrupiar pedaços de nossa pele agora macilenta, porque nossa pele envelhece, ela. Os visitantes querem pedacinhos, como pedacinhos de uma folha de repolho, que serão colocados depois, troféus, junto com os comentários mais picantes de nossas sórdidas e mesquinhas e comuns vidas, porque não conseguimos grande coisa, apenas nossas vidas mornas.

Mas os visitantes querem assim mesmo os pedacinhos de repolho, que não entendem mas levam, para serem colocados ali, bibelôs, na sala de coquetéis de seus chiques apartamentos bem mobiliados. Logo mais, à noite, entre canapés vegetarianos, na última moda, pastinhas de todas as cores, e música de fundo, nossos pequenos pedacinhos impressionarão os amigos dos nossos visitantes. Seremos então parte da história deles. E ficam bem, os nossos repolhinhos, ficam bem, atrás de vidros fumés, esquadrias de alumínio, vista para o mar, em cima dos tapetes tão felpudos e que combinam, os tapetes, com as cores do sofá, estes sim, verdadeiramente chippendale. A reunião será um sucesso.

# 86

Uma das visitas terá o cabelo bem penteado como uma apresentadora de TV. Ela nos olhará nos olhos, e sua cabeça fará um movimento descendente em direção ao broche da blusa elegante, e então saberemos que estamos muito mal, que estamos mesmo fodidos.

E, com um esforço consciente, cataremos o que nos restar de forças para formar um cuspe consistente, grosso, na nossa boca já sem dentes. E aí, mirando bem no meio de seu sorriso branco e brilhante, escarraremos.

Um ato que deveríamos, e subitamente nos dá essa tristeza em pensar, mein Gott, há quantos anos já deveríamos ter feito, este ato.

Mas já disse, acabou para nós. O que deveria ter sido uma cusparada nos escorre em forma de baba pelo queixo cheio de pelos duros que não mais conseguimos tirar. E então falaremos, ao nosso lado, com uma voz que também nos pertence mas que está, não na nossa boca, mas na boca ao lado, falaremos, compungidos, a mão cruzada no colo:

"Coitado, nem forças para engolir a saliva ele tem mais."

E vencidos, tentando entender que papa é aquela que nos enfiam — junto com a baba que escorrera — com uma colher tão fria boca adentro, notaremos que está certo isso. Que era assim mesmo que tinha de acabar.

Nas outras camas, para onde espiaremos curiosos, outras visitas tiram de dentro de bolsos, insuspeitados pedaços de bolo, garrafas de bebida, tudo escondido, pois a direção do hospital é rígida, não permitem a entrada de comestíveis para os internados.

E ficaremos ansiosos esperando que a hora da visitação acabe, o que é marcado com uma grande sirene que começa baixinho, aumenta um pouco e torna a baixar, isso por duas vezes porque, na terceira, os funcionários já vêm, retirando pessoalmente, com gentileza mas firmes, as visitas renitentes.

E ficaremos ansiosos por este momento porque uma vez as visitas deste distante e irreal mundo exterior indo embora, ficará o mundo real, o que conta, o da intimidade absoluta, o de dentro das nossas cabeças.

# 87

Mas antes de fechar os olhos para sempre, olharemos pela janela, e a cena que veremos nos faz lembrar outra cena, não, não nos faz lembrar, é a própria, porque, como em uma tela de TV, o que se vê são pedaços de casas e telhados inclinados, e postes também um pouco inclinados, e um cenógrafo sentirá falta, aqui, de uma pipa que se balance nisso tudo. E então, por esta janela, em cujo peitoril não ousamos nos debruçar, saberemos que o marrom das águas da represa está subindo, subindo, porque a janela ficará marrom, tudo marrom, nossos olhos enfim marrons. E só agora descubro o remédio para a insônia, o único remédio existente para nossa insônia, a minha que sobe pelos pés, e a tua, que desce pela cabeça e ombros, o único remédio é afogar o olho no marrom. E enfim, contentes mesmo, exclamaremos em uníssono: adeus insônia.

Depois de algum tempo, quanto tempo?, lá embaixo, no primeiro andar, no subsolo, no porão do hospital nós nos desmancharemos dentro da água que sobe. E seremos nós, então, digo, o nosso corpo, o verdadeiro résort alheio. Venham, venham fazer esqui aquático em mim.

De biquíni, com o braço levantado, uma linda nina dá adeusinho para o rapaz forte e loiro que dirige, exibindo os músculos, o barco, e que fala inglês perfeitamente.

Está certo, isso. Era assim mesmo que devia acabar. E, no meio da cena do esqui e de muito mais coisa, vem nítida tia Conchita que diz: espere. Ela está sentada no sofá que boia, o sofá. Ela está alisando o buraco do estofado por onde entra água e, cuidado, peça socorro, berre por socorro porque, pelo buraco, esguicha a água marrom que tudo cobre. Mas tia Conchita está perguntando se alguém sabe como se mata elefante sufocado.

Ninguém sabe.

Ela já tinha contado outras de elefante, e um menino amorenado rolou no chão de tanto rir, mas os adultos presentes riem mais por educação, se perguntando quando virá a última do elefante para então a conversa poder continuar normalmente. Mas tia Conchita nos puxa pela manga e cochicha:

"Sabe como se mata um elefante sufocado?"

"..."

"Você enfia a tromba dele no rabo e espera ele soltar um pum."

E aí ela dá uma enorme e aberta gargalhada e nós rimos também, e todos riem, de repente, alegres, o chá, o pratinho com os biscuits, gostosos. E as risadas não param, e as pessoas fazem sinais com a mão, para que parem de rir, mas ninguém para, e morremos todos de rir — você não vem, P.? — engasgados com os biscuits. Você não vem.

# 88

Não fui.

Daqui a pouco o sol vai bater, eu tenho de fazer alguma coisa. Minhas pinturas, grandes, ainda inacabadas, estão penduradas pelas paredes e na frente do espelho. O sol vai estragá-las. Eu devia acabar as pinturas e dizer para as pessoas, com convicção, sou pintor. Ou então fazer mais poesias, dizer, sou poeta. Ou então arranjar um emprego. Se eu arranjar emprego, chegarei no escritório, oi, oi. Sento na cadeira que já terá a forma do meu corpo, a bem dizer, será o meu corpo pelo avesso. Começo a digitar, tomo cafezinho, chega um mensageiro, traz volantes da loteria. Preencho, todos preenchemos, e deixamos ali, com o dinheiro certo. Aí todos fazem brincadeiras dizendo que vão ganhar e gastar o dinheiro mas o chefe aparece e todos ficam quietos. O chefe diz que está havendo desperdício de material de escritório e que a partir deste dia o acesso à impressora será controlado. E ele fala isso e aperta os lábios que já são finos. O café também está controlado, duas vezes ao dia, quando acabar o bule, acabou. Somos um país pobre, diz o chefe, somos pobres, temos de fazer sacrifícios e trabalhar muito, ganhando muito pouco, para que o país possa pagar o que deve e depois então deixaremos de ser pobres. Fico neste escritório? Fico. Até porque por ora não me ocorre mais o que fazer. Agora penso que quem ficou com os dólares foi Tânia. Ela teve oportunidade, já que esteve sentada no sofá de jacarés durante muito tempo sem ser importunada, no começo da festa. Ela pode ter achado os dólares no buraco do sofá. Guardou na bolsa e não falou nada a ninguém.

Mas estou então neste escritório e fico lá, digitando, e na hora do almoço saio para o calor do lado de fora, sento em uma mureta e escuto dois gringos de terno preto pregarem a palavra de deus, eles dizem o que devemos fazer para chegar ao paraíso. Atrás do microfone puseram um cartaz de cenário alpino, neves brancas, que consideram imagem sugestiva de paraíso, aqui não tem neve.

Mas no escritório há uma secretária. Ela fica em outro departamento e é baixinha e vigorosa e anda assim, não vou conseguir descrever. Há coisas que não se contam. Anda como um dançarino de dança cossaca andaria. Convicta, decidida. Anda e traz, abraçadas ao peito, pilhas e mais pilhas de papéis. E o escritório é grande, na verdade um enorme galpão com mesas e computadores a perder de vista e ela vem de longe com seu andar decidido e eu fico com a respiração suspensa porque a qualquer momento, tenho certeza, ela vai jogar os papéis para o alto e começar a alucinante, desvairante, dança cossaca que todos esperamos. Enquanto os papéis caem, qual chuva moderna em cima de sua cabeça, ela já está, olhar orgulhoso, pernas flexionadas, braços cruzados ao peito, e bum, lá vai a primeira perna qual pênis ereto para a frente, e bum, a outra, e dois, cada vez mais depressa, em rodopios pelo galpão e é muito bonito isso, é realmente lindo. Ela me olha e nos olhamos por um tempo, nos reconhecendo como ambos a um passo, eternamente a um passo, da realidade.

Talvez eu devesse convidar a dançarina cossaca para uma outra festa. Ela é moça humilde, será interessante ver como se senta no sofá.

# Posfácio dos desjacarés

Vou explicar
com voz
da melhor pelica
uma situação de titica
que se reprisa
às dez horas de todos os dias
na foz de um rio de fancaria.

Dez horas quando é lá na foz
dez jacarés bem melados
descolam pedaços
da cena imóvel
e movem pernas de aço, olhos de acaso,
para perto do raso, para longe do sol.

Seriam apenas mais dez répteis
iguais a mais outros répteis
a repetiscar siris, seriemas

(sem as penas) na lama, se
os dez répteis do tema
não tivessem todos
tirado antes suas toucas.

Toucas caturras,
caudas de organdi.
Frozôs em demidur, termidors de piriri,
fitilhos de pormenor, carcavans de pode-ser.
Francesas toucas pra chuva
fora de dez testas tortas
— que elas não cairiam naquela água da foz
nem mortas.

Dez jacarés sem touca alguma
vão traçando moles, lentos,
umas retas de mau gumex
no penteado do rio.
A foz fica com uns desfios
das dez horas às dez e dez
quando dá de zerar tudo outra vez.

Tolos, abrem/fecham olhos
— é bobagem.
Olhos redondos ou encolhidos não mudam o tom
da paisagem
ou dos bestuntos
lá no fundo da mucilagem.
Os jacarés não tugiam e não mugem.

Mas tal inércia não é descaso ou preguiça,
é medo de traíra.

É que além do raso enguiça
uma traíra doida,
e a louca cisma
de entrar nas toucas
que não estão aqui.

Não estão aqui, não estão aqui dizem
muitos mas não adianta.
Todos mudos se fingem
então de mortos mas mais adiante
eles têm de voltar a tirar
a traíra louca
de dentro das toucas que não estão lá.

Quando a louca doida enfim foge
a foz se desloca
por mais dois lotes, e emperra
pois ela gosta mesmo é de espremer gota a gota
a lembrança de coisas
— como as toucas —
que não são, mas serão ou será que eram.

Momentaneamente sem
as dez toucas de chuva
a foz inda tenta ir à luta
mas dez jacarés também
já acabam, desaparecem
na modorra marrom que tudo enxuga.

Pingam os doze pontos brancos do meio-dia,
o marrom se dilata e para
e vira
uma mancha branca sem forma nem som.

É o sol
que desbanca e espanta de um pronto
a foz.

Sem nenhuma foz, foz essa de não jacarés, jacarés do tipo sem
touca,
só fica então nestes brancos papéis tão brancos essa traíra doida
a guiar meus dedos em dédalos de alfabética alvenaria
enquanto pergunta: cadê
o mundo?
— ele estava aqui inda agorinha. Ao fundo
os risos roucos de uma rima.

(Meu lápis preto pousado
parece um peixe já morto
que guarda na ponta do rabo
um tremor doido,
um calor
traidor.)

# A República dos jacarés

*José Luiz Passos*

É curioso que, em português, entre as acepções do verbo "achar" estejam tanto "encontrar" como "passar a conhecer" e, também, "expressar um desejo ou ter uma opinião". "Acho que vou à praia", "acho-me na praia", "acho boa a praia" mostram como o verbo opera na confluência entre vontade, crença e realização. E talvez Elvira Vigna tivesse isso em mente quando escolheu por epígrafe um trecho do diário de Cristóvão Colombo: *"Halló que el arena de la boca del río,/ el cual es muy grande e honda,/ era diz que toda llena de oro/ y en tanto grado que era maravilla"*. Na desembocadura do rio, o explorador achou a prainha cheia de ouro. Ele cogita e encontra o que deseja, *"muchos granos,/ tan grandes como lentejas"*. Grãos de areia, como pepitas do tamanho de lentilhas, embora essas lentilhas não tenham sido encontradas tal como descritas em 8 de janeiro de 1493. O que Colombo acha é a fantasia de um espaço de maravilhas. Aliás, na primeira edição deste romance, publicada em 1990, quando Elvira Vigna ainda assinava como Elvira Vigna Lehmann, seu título era *A um passo de Eldorado*, tornando clara a premissa de uma projeção utópica por sobre o desencantamento presente nas práticas de espoliação. É justamente sob esta chave que o livro começa: "É um sofá velho e sujo e a moça está olhando para ele como quem pensa como o sofá é velho e sujo e o gringo então diz, ainda da porta: 'O sofá é velho e sujo'". Há um sofá, há o sofá pensado, e então há o sofá opinado, revelando-se no contato entre a imaginação de um personagem e a expressão ou o desejo de outro. Quem se der o trabalho de comparar esta edição à primeira verá como a autora cortou, acrescentou e fez modificações no tempo da ação. A cena de abertura, por exemplo, passou do pretérito ao presente, mantendo o mesmo sofá, adiante descrito com estampas de pequenos jacarés; e um dos acréscimos radicais foi um posfácio em forma de poema, o "Posfácio dos desjacarés":

Vou explicar
com voz
da melhor pelica
uma situação de titica
que se reprisa
às dez horas de todos os dias
na foz de um rio de fancaria.

Dez horas quando é lá na foz
dez jacarés bem melados
descolam pedaços
da cena imóvel
e movem pernas de aço, olhos de acaso,
para perto do raso, para longe do sol.

Longe do sol, entre aqueles jacarés da estampa no velho sofá e estes, desmascarados como "traíras", o enredo de *A um passo* nos conta a história de um bas-fond em cidade fronteiriça. Estamos à beira de um rio que corta a selva; mais além, fala-se inglês ou espanhol; o capital estrangeiro comparece em resorts de luxo e planos de desenvolvimento para a região; uma represa alaga a cidadezinha de origem de alguns personagens; e o tráfico de armas e drogas, a prostituição e um desfile de codinomes — apelidos de guerra para novas vidas — mascaram a identidade dos protagonistas, dando-lhes uma flexibilidade só comparável às melhores fantasias de Carnaval.

E de fato, no centro do romance, além do sofá de estampa "tão tropical-visto-por-europeu", há uma festa. O gringo senta-se ao lado de uma moça que ele pensa ser uma completa estranha, Tânia, e inicia uma conversa pejada de encenação e fantasias, em que as "lembranças ficam sendo o que parecer legal na hora". O sofá, onde estão, pertenceu à mãe do gringo, Evelyn, imigrante judia alemã que ora repousa numa demência alimentada a colheradas pela mão do próprio filho. "De longe pareceriam um belo quadro, pietà de sexos trocados." Dessa forma, o enredo avança a passo descontínuo e frequentemente promove o rebaixamento do objeto ou da referência de origem culta ou estrangeira. Esse simulacro da alta cultura corrige o real e faculta novos usos a objetos e pessoas que vêm de longe; funciona como ajuste de contas, ou como ajuste do real à representação que se queira dar aos fatos, inclusive àquilo que se encontra no reino do mais plenamente visível, como um quadro de girassóis amarelos:

Em cima da televisão havia uma reprodução de Van Gogh que era para onde a mãe olhava sempre que a conversa ficava difícil.

"Acho interessante essa ideia de alguém buscando paz interior em Van Gogh, o que você acha?"

E o gringo respondera que, como se tratava de reprodução, a ideia não ficava tão boa, o amarelo não seria tão desesperado e a mediocridade da cópia poderia muito bem produzir uma sensação de calma.

Há em A *um passo* uma reflexão admirável sobre o significado e a função da obra de arte. Não em vão, são vários os processos de criação e recriação referidos no enredo. Gringo inventa ou evoca uma história em que seu amigo, P., dono da festa e conhecido de Tânia, enforca um turista americano após um programa sexual. Na conversa entre gringo e Tânia, no sofá, ele a chama de Nina, evocando um caso de seu passado, quando, cognominado "professor", abusava sexualmente de uma jovem em aulas de matemática e partidas de xadrez. No presente da festa, no tal sofá, sua interlocutora lhe ouve a história: "A boca, até então franzida, abriu-se em um sorriso quase meigo, olá, professor. Pode me chamar de Nina. Ou Tânia". Já no passado, a primeira Nina quebra o tabuleiro de xadrez na cabeça de gringo, o então "professor", e provoca um caso de polícia; acaba precisando abandonar a cidadezinha. Anos depois, Nina volta com um plano: faz amizade com outra garota de programa, Tânia, e arma um lance final para o jogo que havia definido sua vida anos antes. Gringo não sabe que Tânia sabe que Nina é real e que ela está, neste exato momento, com P., roubando o seu cofre, dele, de gringo, num outro apartamento.

A *um passo* é, também, uma saga de vingança em que as metamorfoses do feminino encontram paralelo eficaz na consciência da própria criação artística:

Um fim. Fins são bons. Fim só acontece em ficção, nada na realidade tem fim, portanto um fim, quando acontece, significa que tudo que veio antes era ficção e é bom pensar a própria vida como uma bela e compreensível ficção. Gringo diz, combinado. E diz que gringa é ela, com seus novos cabelos platinum blonde e que, portanto, a enforcada pode ser ela.

Tânia, a enviada de Nina, ficou loura e sonha em ter um salão de beleza. Ele, o gringo, é filho da alemã Evelyn, é ilegítimo, moreno, produto deliberado duma mulher imigrante e forte. Tânia e gringo são o fruto de etnias e aparências refeitas pela ironia da descoloração de tinturas e apelidos. Nina engana P. a fim de manter o gringo fora de casa durante a festa do próprio P. Por sua vez, Tânia engana o gringo como uma Xerazade às avessas, que ouve as histórias de sua presa e lhes dá seguimento. E, afinal, Nina rouba o cofre de gringo e corta a garganta de P. — como Judite a Holofernes —, deixando, como prova do crime, uma peça de xadrez tornada punhal, que ela, a jovem Nina, guardara desde o dia em que fora abusada por gringo. Ela tem a prerrogativa duma visão mais ampla dos demais personagens: "Quem eu sou? Uma fantasia de gringo, um sonho de Tânia, um personagem improvável. Alguém que você mal conheceu na porta do teu trabalho. E é isso. Dividimos. Você tem a chave, e eu o começo, o meio e o fim". Quem tinha a chave do apartamento de gringo era P., antes conhecido como Flaco e que, de fato, se chama Próspero, a quem Nina "degola" com um punhal em forma de peça de xadrez, um cavalo tirado do jogo de gringo e deixado na cena do crime pela garota que volta de seu passado, levando a polícia até ele. Nina sacrifica os demais e derrota seu abusador maior em seu próprio jogo.

Cai "o menino magrinho e moreno da primeira fila, o pequeno mestiço" de voz grossa, Franz Heinrich Gustav Goldenbach, por vulgo o gringo, naturalizado americano, que trabalhou "transportando coca e armas em um pequeno monomotor", cruzando a fronteira entre o Brasil e um mundo que explora e é explorado pelo Brasil. Conhecemos lances nas vidas desses poucos personagens à sua volta. Às vezes, parecem mudar de nome ou de situação, porém a consistência fabular e metafórica de Elvira Vigna é tremenda, ligando traços diversos a cada um dos personagens. Voltam cores, definindo situações emocionais em diferentes pontos do tempo; volta a alegoria do jogo de xadrez, que ata começo e fim do enredo e unifica a composição das origens de gringo e das motivações de Nina. Sem lastro estável para a memória ou para uma história deste lugar, o passado torna-se palco de pura representação. A mescla linguística, principalmente o uso do espanhol e do inglês, acentua a natureza globalizada ou, pelo menos, transacional desse rincão de selva povoada, "onde tapetes vermelhos fazem o simulacro do luxo e onde pessoas tentam fingir que não estão morrendo de calor dentro de ternos provincianos". Aqui o Estado está plenamente ausente: "A delegacia nunca pareceu delegacia, só identificada pela placa azul desbotada — e desbotada desde sempre e não apenas agora que a inundação da represa é iminente". No contraste entre alta cultura e cultura pop, ou de massas, são várias as referências irônicas ao consumo de luxo, a Van Gogh, Fernando Pessoa, Camus e à poesia concreta, "pois Descartes nos trópicos entorta". Há também, e talvez principalmente, a inegável autonomia e prevalência dos personagens femininos sobre um mundo masculino; Evelyn, Tânia e Nina guiam a ação e fazem o enredo ir adiante, e o epicentro da ação encontra-se, ao mesmo tempo, no lápis da autora, num sofá, no rio à margem da floresta e no tabuleiro de xadrez tornado caixa de Pandora.

Mescla de romance policial e distopia de comunidade fronteiriça, *A um passo* revela uma autora no pleno domínio de seus recursos compositivos mais característicos: o multiperspectivismo temporal; a organização da trama em camadas possíveis, sobrepostas; léxico rico e plurilinguístico; uma mescla desestabilizadora entre cultura de elite e cultura pop; e o contorno de vidas marcadas por uma fragilidade cínica, igualmente esplêndida e transformadora. A voltagem irônica de Elvira Vigna faz perder o mundo representado ao mesmo tempo que resgata o senso crítico daqueles dispostos a ingressar numa arena em que a exploração do eu, do outro e das suas relações e memórias mais dolorosas é levada, com maestria, às últimas consequências.

Contemplar possibilidades é uma forma de poder. Não posso deixar de pensar no fato de que o título do romance evoca justamente isso: "a um passo" é gesto ou situação de quem se encontra na iminência de algo novo, diferente. É uma espécie de antessala da transformação. Publicado no ano seguinte às eleições diretas de 1989, *A um passo* nos convida a considerar uma sociedade em que a democracia ainda é uma quimera, os pactos sociais são conchavos ou vendetas, e todo e qualquer espírito de comunidade ou colaboração expira diante do plano multinacional de desenvolvimento da floresta, da cidade fronteiriça alagada por uma represa ou mesmerizada pela presença de resorts de luxo. Isto era 1990, passado hoje atual. E desta distopia de fronteira assoma um Brasil a um passo da democracia plena, imaginando o risco de que sua próxima etapa seja um salto atrás, a guerra de todos contra todos, um sofá sujo como simulacro da República, a roupa suja lavada em rio de jacarés e, brilhando em nossa praia, não o ouro de Colombo, mas o jacaré "que guarda na ponta do rabo/ um tremor doido,/ um calor/ traidor".

ESTA OBRA FOI COMPOSTA PELO GRUPO DE CRIAÇÃO EM ELECTRA E IMPRESSA PELA RR DONNELLEY EM OFSETE SOBRE PAPEL PÓLEN SOFT DA SUZANO PAPEL E CELULOSE PARA A EDITORA SCHWARCZ EM JULHO DE 2018

A marca FSC® é a garantia de que a madeira utilizada na fabricação do papel deste livro provém de florestas que foram gerenciadas de maneira ambientalmente correta, socialmente justa e economicamente viável, além de outras fontes de origem controlada.